BELKO
03: DYSTOPIA

BELIO 031: DYSTOPIA
Copyright of the works by the authors.
Copyright of this book by Belio Magazine S.L., 2010.

Edited by **BELIO MAGAZINE S.L.**
Calle Argente 14. 28053 Madrid (Spain).

Tlf./Fax: 914 782 526
E-mail: info@beliomagazine.com
www.beliomagazine.com

Dirección: Javier y Pablo Iglesias Algora
Redacción: Amrei Hofstätter, Belén S. Teira,
Borja Crespo, Elena Quintana, Javier IA,
Sandra Balvín, Manu Valentin.
Proofreading: Alicia Martínez Yuste
English translation:
www.hotenglishmagazine.com,
Amrei Höfstatter, Belio Magazine.
Concept and design by: Pablo & Javier IA
Belio 031 cover by: Pablo IA
[www.geeohdee.com]

Printed by Roelma S.L.L. (Spain)
ISBN-13: 978-84-613-9158-5
Depósito Legal: M-16586-2010

"AKA 35" Design by CLESS [www.cless.info]

題字 平田弘史

EDGE

carhartt

KLEFISCH

Puede parecer premeditado sacar un Belio sobre distopías en tiempos de crisis, pero no lo es. La providencia, una vez más, nos ha traído hasta aquí. Vivimos en un inevitable contexto que se cuela por las rendijas de nuestros subconsciente y provoca distópicos sentimientos en nuestro consciente.

Cualquier distopía puede ser tan cercana como la propia realidad. La economía se colapsa; las políticas sociales han demostrado ser un engaño; la democracia es una oligarquía, por no decir una plutocracia; el medio ambiente, la naturaleza, nuestra madre tierra es devastada y violada sistemáticamente, ella nos devuelve en la misma medida terremotos, tsunamis y diluvios universales. La gotera de mi casa cada vez es más grande y nadie hace nada por solucionarlo. Ya te puedes enfadar, cabrear y mandar a la mierda a todo el mundo que te va a dar igual. Incluso las balas son demasiado caras como para pegarte un tiro y

desparramar tus sesos. Además, tu seguro no va a cubrir los gastos de limpieza y encima le dejarás más deudas a tu descendencia. Hoy en día no hay grandes herencias, sino hipotecas para los pequeños vástagos.

Asfixia. El dinero no puede llegar a nuestros pulmones, pero no pidas ayuda, no te vayan a hacer el boca a boca y te dejen sin aliento. No hay futuro y cualquier pasado siempre fue mejor, eso es lo que siempre te han repetido una y mil voces distintas, pero la verdad es que ni siquiera te queda eso, sólo tienes el presente, ni futuro, ni pasado. Así que, concéntrate bien y no lo pierdas. No pierdas tu tiempo en ningún otro pensamiento que no sea "aquí" y "ahora", pues el que no corre, vuela y al mínimo despiste te los van a robar.

Seguimos luchando día a día, tratamos de pensar que toda esta mierda no va con nosotros, tratamos de ser positivos, de mirar para otro lado. Pero, a veces, la ola se hace tan grande que ya no hay manera de ignorarla. Somos el burro detrás de la zanahoria, pero ha pasado tanto tiempo, hemos caminado tanto persiguiendo El Dorado, que la zanahoria se ha podrido y el burro está famélico. En el camino hemos olvidado el sentido de nuestra marcha y ahora estamos perdidos. Piensas. Lo único que queda es seguir hacia delante, hacia donde se pone el sol. Sólo así llegarás al principio de la historia, volverás al punto de partida, a casa, donde podrás descansar eternamente entre tus huesos.

¿No tienes tú también la sensación de que todo se va lentamente a la mierda?

Belio Mgz
Diseño "1984-Off" de Javier IA [www.geeohdee.com]

Ya está aquí la

PRIMAVERA

Disfrútala al máximo con

94.™
By Montana Colors

mtn
94™
**Matt paint
Low pressure
New concept**

Original from Barcelona S.L.

Distribución en España y Portugal: Montana Colors S.L.
T. (+34) 938 332 760 - F. (+34) 938 332 761 - montana@montanacolors.com - www.sprayplanet.com **Tienda Online.**

www.montanacolors.com

EDIT:031: REALITY OR DYSTOPIA [eng]

It could seems apparently premeditated to edit a Belio about dystopias in times of crisis, but it is not. Providence, once again, brought us here. We live in a context that inevitably seeps through the cracks of our subconscious and causes dystopian desires in our consciousness.

Any dystopia can be as close as reality itself. The economy collapses; social policies have proved a delusion; democracy is an oligarchy, if not a plutocracy; environment, nature, our mother earth is systematically devastated and raped, she gives us back the same with earthquakes, tsunami and the Flood. The leak in my house is getting bigger and no one is doing anything to fix it. You can get angry, piss off and send everyone to hell, that you won't get anything. Even the bullets are too expensive to shoot you up and blow your brains out. Moreover, your insurance will not cover the cost of cleaning up and you will leave more debt to your descendants. Today there are no large inheritances, but mortgages for small offsprings.

Asphyxia. Money can't reach our lungs, but don't ask for help, because maybe someone makes you the mouth-to-mouth resuscitation and leave you breathless. There is no future and any past was always better, that's what a thousand voices have repeated always to you, but the truth is that you even't have that, just the present, no future, no past. So focus well and don't miss it. Don't waste your time on other thought than "here" and "now" because there is always someone smartest than you and at the minimum forgetfulness they are going to rob you.

We keep on fighting day by day, we try to think that all this shit doesn't have anything to do with us, we try to be positive, look in other way. But sometimes the wave becomes so big that there is no way to ignore it. We are the donkey following the carrot, but the way has been so long, you've walked so far to pursue Eldorado, that the carrot has rotted and the donkey is famished. On the way we have forgotten the meaning of our progress and now we are lost. Think. All that remains is to go forward, where the sun sets. Only there you will come to the beginning of history, you will return to the starting point, to home, where you can rest eternally in your bones.

Don't you have sometimes also the feeling that everything is going slowly to hell?

Belio Mgz
"1984-On" design by Javier IA [www.geeohdee.com]

KENJI YANOBE

LAS RUINAS DEL FUTURO

Estimado lector, yo también quisiera darle mi más cordial bienvenida a nuestra pequeña enciclopedia distópica. Acaba de entrar en el capítulo "Guía práctica para la supervivencia ante posibles circunstancias desagradables". Nuestro anfitrión para esta especial ocasión es el señor Kenji Yanobe, conocido por muchos como un probado experto en la materia. Por favor, hónrenos con toda su atención. Al fin y al cabo el reloj del Juicio Final sigue marcando las horas y no vamos a saber cuándo puede estallar la bomba. Cuando sólo se trate de célula contra átomo, adivina quién se va a llevar el palillo más corto. *En el momento en que la radiación de miles de soles estalle al mismo tiempo en el cielo en un todopoderoso resplandor*, lo único que podría salvar al último descendiente del hombre sería su gloriosa naturaleza creadora. Pero, como la invención es siempre una perspectiva de futuro, ¿de dónde sacará el hombre la inspiración cuando no quede más futuro? ¿Acaso no está siempre condicionada nuestra manera de ver el futuro a cómo recordamos nuestro pasado?

Kenji Yanobe nació en Osaka en 1965, tan sólo dos décadas después de los bombardeos mortales de Hiroshima y Nagasaki y cinco años después de la futurista Exposición Mundial de Osaka, cuyo tema fue "Progreso y armonía para la humanidad". A pesar de que a través de las obras allí expuestas conoció la emoción y la energía que la gente sentía por el futuro, lo que realmente dejó huella en él fue visitar el centro de la exposición años después de su cierre. Aquel sitio se convirtió en su lugar favorito, donde observaba cómo desmantelaban las exposiciones y los pabellones mientras jugaba entre robots destruidos y esculturas espaciales. Estas experiencias en "las ruinas del futuro", como él las denomina, le hicieron sentirse atraído por una experiencia simulada de viajes en el tiempo, que suponía algo así como captar un instante de lo que vendrá después de lo que vendrá. Estas visiones inspiraron a su imaginación un futuro brillante que había sido destruido por una terrible catástrofe, quedando así desolado y vacío.

"Me preguntaba qué crearían en esta amplia zona desmantelada. Me sentía como si tuviera que crear algo y pudiera ser cualquier cosa porque todo había desaparecido. Este hecho fue el punto de partida de mi creatividad y he seguido construyendo dispositivos y herramientas basados en el tema de la supervivencia, buscando sobrevivir en un estado ilusorio."

EL HOMBRE EN LA MÁQUINA

El criterio de Kenji Yanobe a la hora de revivir espacios inertes, interiores y exteriores, se ha traducido en esculturas que parecen provenir de un mundo donde la interacción entre los seres humanos y el medio ambiente ya no es posible. Después de que el hombre haya provocado su propia caída con una destructiva catástrofe nuclear, se enfrenta a sí mismo viéndose obligado a vivir totalmente aislado, no sólo del mundo exterior, sino también de otras personas. Sus avances tecnológicos, los mismos que suponía que le garantizarían un maravilloso y cómodo futuro, han pasado de ser castillos en el aire a erigirse en cárceles metálicas de hierro y acero. Parecen ser la espeluznante y retorcida reacción a los grupos arquitectónicos vanguardistas, como Archigram, que se hizo bastante popular en la década de los sesenta con sus ideas para futuras civilizaciones inspiradas en el pop art. Con propuestas tan cómicas como *Seaside Bubbles*, *Living Pod* o *Walking City*, su objetivo era "superar la decadente imagen de la Bauhaus, que es un insulto para el funcionalismo". Mientras que Archigram visualizaba ingenuamente el ideal de una sociedad progresista con su amor fetichista por los aparatos electrónicos, la robótica y los híbridos tecnológicos, Yanobe parece tener una opinión bastante ambivalente en cuanto a nuestra futura cultura consumista, reflejando los

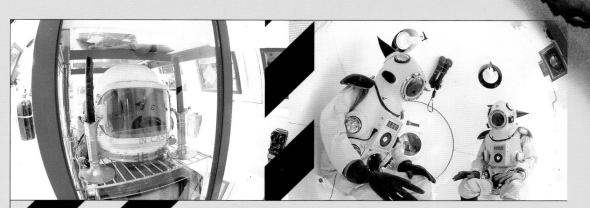

peligros de una arrogancia y una posible alienación sentimental como consecuencia de los avances científicos.

Sus esculturas se concentran exclusivamente en el individuo y suscitan preguntas sobre el paradero del resto de la humanidad, y si hay alguna posibilidad o alguna forma de que el protagonista pueda ponerse en contacto con ella. La respuesta que damos a esta pregunta en nuestra cabeza es inquietante: quizá no quede nadie. Desolado y alienado, el último habitante de la Tierra utiliza sus dispositivos de supervivencia ante constantes situaciones de peligro.

La escultura *Tanking Machine*, por ejemplo, consiste en una estructura "llena de una solución fisiológica de cloruro de sodio que se calienta a la temperatura aproximada del cuerpo y en la que un individuo puede flotar en un estado de reducidas funciones sensoriales que le permite entrar fácilmente en un estado de meditación". *Soul of Bubble King* es "un traje de protección personal antiintimidación que ante la amenaza de cualquier invasor se hincha alrededor del cuerpo". Por su parte, *Rocking Mammoth* es el nombre de "un mamut del siglo xx que no puede caminar hacia delante ni hacia atrás".

Sin embargo, a pesar o quizás a causa de su completa falta de funcionalidad real, las esculturas de Yanobe nunca carecen de ese tono cómico e incluso satírico que recuerda a sus antecedentes culturales dentro del manga y el anime. Su mente creadora, tan impulsiva como infantil y al mismo tiempo brillante, lo convierte en un clásico exponente de la cultura *geek* u *otaku*, cuyos aficionados crecieron con una industria del espectáculo que trataba de lidiar con el trauma nacional de un ataque nuclear a través de la ciencia ficción y los temas postapocalípticos, y que están ansiosos por explorar las posibilidades de una mente creadora sólo por el mero placer de jugar con una creatividad visionaria y una fantasía ingeniosa al tiempo que ponen su propia humanidad en el punto de mira. *M the Knight*, por ejemplo, supone un magnífico análisis social. Lo invitaron a presentar una obra para la celebración del 50 aniversario de Disneyland y Yanobe se inspiró en un diseño original de la marca. "Durante la segunda guerra mundial Walt Disney diseñó una máscara de gas con forma de Mickey Mouse con la idea de que los niños se la pondrían sin pesárselo dos veces en un momento de necesidad. Estudiando este hecho me preguntaba qué tipo de equipamiento de seguridad nos ofrecería Disney hoy en día, si aún estuviera vivo en este nuevo siglo de guerras. Esto me llevó a crear esta armadura a lo Mickey Mouse." De acuerdo con sus notas, al recibir la pieza Disney decidió no incluirla en la exposición.

EL VIAJERO SOLITARIO

La segunda línea de exploración en el trabajo de Yanobe es *Atom Suit Project*, la documentación fotográfica de sus viajes a zonas desoladas y abandonadas llevando puesto su traje antirradiación hecho por él mismo. La solitaria figura en las fotografías parece un astronauta extraterrestre o un viajero del futuro visitando los últimos restos de una antigua civilización humana. Las imágenes constituyen una bella alegoría de los temores personales a la alienación interna y el abandono.

El proyecto se inició en 1977, cuando Yanobe se embarcó en un viaje a Chernóbil. Allí, en el sitio donde tuvo lugar una de las mayores catástrofes de la historia de la humanidad, su viaje entremezclaría arte y realidad y terminaría por cambiar su visión creativa y marcar significativamente su personalidad para siempre.

Tanking Machine. 1990

"Deseaba ver 'las ruinas del futuro' de nuevo. Ésa fue mi primera motivación; bueno, una especie de romanticismo. Sin embargo la visión de Chernóbil echó por tierra mis expectativas. Me impresionó mucho saber que todavía había personas que tenían que vivir allí, en las áreas prohibidas.

La interacción con la gente me dejó muy alterado. ¿Qué he hecho?, pensé, hacer obras de arte para plantear un problema social bajo el concepto de una peregrinación a las ruinas del futuro es algo barato, nada realmente profundo. Me dejó una huella a modo de misión, como si llevara una cruz. Antes de que acabara el siglo decidí terminar mis viajes en torno al tema 'supervivencia' y lo cambié por 'renacimiento'; de un tipo de pensamiento apocalíptico pase a una expresión positiva. Me llevó largo tiempo volver a hacer obras tras mi visita a Chernóbil y aquella experiencia permanecerá viva dentro de mí mucho tiempo."

Su visita a Chernóbil no sólo le dejo una profunda huella emocional; con ella, de forma inesperada, también se sentaron las bases para su tercer gran proyecto, posiblemente el más importante y prolongado hasta la fecha: *Torayan's Big Adventure*, una serie de obras que incluyen esculturas, vídeos, dibujos y un libro ilustrado en torno a un personaje llamado Torayan en su misión de reactivar el sol.

En la visita que hizo a una guardería abandonada de Chernóbil Yanobe encontró una muñeca rota entre los objetos que habían dejado atrás sus habitantes en medio del apresuramiento, y de inmediato imaginó una relación entre aquella muñeca y un dibujo de un pequeño sol que vio en una de las clases.

"En mi imaginación el sol de las ruinas se mete en la muñeca abandonada y le da vida, hace que se mueva. El tema central de la obra es el renacimiento. Torayan era originariamente el muñeco de ventrílocuo de mi padre tras jubilarse. Hice un traje *Atom Suit* del tamaño de un niño de tres años; en realidad era para un chico que conocí en Chernóbil, pero mi padre lo cogió y se lo puso a Torayan sin preguntarme. De alguna forma me dio la idea de unir la muñeca resucitada en Chernóbil y el Torayan vestido con el *Atom Suit*. Me imaginé a Torayan delante de mí, se había quitado el traje en las ruinas del futuro, y de esta forma se convirtió en un nuevo actor que me sirve como medio para conectar mi mundo imaginario y el mundo real."

LA GRAN AVENTURA DE TORAYAN

Desde entonces Torayan ha sido el centro de la obra de Yanobe. Un trabajo que describe como "una película de una vida entera" y es la principal prueba de un profundo cambio de actitud interior del artista. Sin fijar ningún tipo de límite creativo a su obra, colabora con diseñadores de moda como Issey Miyake (*Queen Mamma*, una escultura con función de vestuario creada para una nueva tienda. "Cambiarse de ropa en una habitación que simula un útero fomenta un cambio de conciencia. Te descubres autotransformado."), incluso hace talleres con niños. La anterior sensación de aislamiento del científico megalómano de repente da paso a un profundo deseo de comunicar que expresa a través de obras como *Drawing the Cosmos*, que consiste en "un sol como símbolo del renacimiento dibujado en la pizarra de una enorme sala con aspecto de guardería. Todos los días aparecen nuevos mensajes y dibujos en dicha pizarra".

Soul Of Bubble King. 1992

Un ser humano que sólo se comunica a través de máquinas terminará fusionándose con una máquina, convirtiéndose así en otra máquina y por lo tanto dejará de ser humano. Tal vez a esto es a lo que estamos destinados en el futuro, a ser completamente eléctricos, mecánicos, digitales. Un futuro, al igual que todos los futuros, sólo soportable como fantasía abstracta. Pero en el mismo momento en que estoy escribiendo esto, cada vez más personas somos conscientes del hecho de que ya somos esa máquina y que poco a poco ya ha empezado a deteriorarse. La obra de Kenji Yanobe nos muestra aquello en lo que podríamos terminar convirtiéndonos, haciéndolo menos ficticio y mucho más del aquí y el ahora de lo que parece.

"Yo creo que el arte tiene tantas posibilidades de cambiar la sociedad como la filosofía apuntando hacia un futuro creativo en lugar de destructivo. Siempre deseo y creo en la posibilidad del arte. Necesitamos un futuro hermoso y no voy a tirar la toalla. No voy a renunciar nunca a un futuro feliz para mis hijos. La utopía es la continuación de un presente feliz."

Existen palabras, dibujos, música, filosofía, libros, arte y ahí estás tú. Da igual cómo, lo más importante, por encima de todo, es seguir siendo capaces de expresarnos, con el objetivo y el sentido de conmovernos los unos a los otros. Existen otras cosas aparte de la ciencia con las que crear el futuro.

Ninguna opción debe descartarse.

Amrei Hofstätter
+info: www.yanobe.com
images cortesy of: Yamamoto Gendai Gallery.

[ENGLISH]

THE RUINS OF THE FUTURE

Dear honorable reader, i as well would like to express a most cordial welcome to our little dystopian encyclopedia. You have now reached the chapter "A practical survival guide for unpleasant prospective circumstances". Our host for this special occasion is Mr. Kenji Yanobe, known to many as a proven expert in this field. Please grace us with your best attention. The Doomsday Clock keeps on ticking after all, and we are not to know when the bomb might go off. When it's only cell against atom, guess who is going to draw the shorter straw? If the radiance of a thousand suns were to burst forth at once in the sky, in a splendor of the Mighty One, all that the last offspring of man could resort to would be his glorious inventive nature. But as invention is always a prospect of the future, where would man draw his inspirations from, when there is no future left? Isn't the way we envision the future always conditioned by how we remember our past?

Kenji Yanobe was born in Osaka in 1965, only two decades after the fatal bombings of Hiroshima and Nagasaki and five years after the futuristic Osaka World Exhibition, themed "Progress and Harmony for Mankind". Despite learning about the excitement and energy people had for the future from the many pictures and Expo Goods, what actually had a stronger impact on him was visiting the Expo grounds many years after it had closed its doors. The site became his favorite spot as he watched the exhibits and the pavilions being dismantled and removed while playing between destroyed robots and spacey sculptures. These experiences at "The ruins of the Future", as he calls them, made him feel drawn into a simulated experience of time travel, like catching a glimpse of things to come after the things to come. These visions inspired his imagination of a bright future that had been destroyed by a terrible catastrophe, remaining now desolated and vacant.

"I wondered what would be created in this large area where everything had disappeared. I felt as if I had to create something and that I could create anything because everything had vanished. This indeed was the point of departure for my creativity, as I continued to make devices and tools based on the theme of "survival" for my own survival in a state of delusion."

THE MAN IN THE MACHINE
Kenji Yanobe's vision of reviving fallow outer and inner spaces has resulted in sculptures that seem to come from a world where the interaction between human beings and their environment is no longer possible. After man has evoked his own downfall by an all destructive nuclear catastrophe, he is thrown entirely back on himself and is forced to live in complete isolation, not only from the outside world, but also from other individuals. His technologic advancements - the same ones that were supposed to guarantee him a wonderful, comfortable future - have turned from castles in the sky to metallic prisons of steel and iron. They seem to be the twisted and nightmarish answer to architectural avant garde groups like Archigram, who gained popularity in the 1960s with their pop-art inspired ideas for future civilizations. With comical proposals such as Seaside Bubbles,

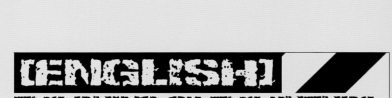

Living Pod or Walking City, their aim was to "by pass the decaying Bauhaus image which is an insult to functionalism." While Archigram naively envisioned the ideal of a progressive society and its fetishistic love for electronic gadgetry, robotics and technological hybrids, Yanobe seems to have a rather ambivalent view on our futuristic consumer culture, realizing the dangers of hubris and possible sentimental alienation through scientific advancement.

His sculptures concentrate entirely on the individual and provoke questions regarding the whereabouts of the rest of humanity, and if there is any possibility or way the protagonist can get in touch with them at all. The answer to this question is already brooding inside of us: that maybe there is just no one left. Left alone and alienated, the last survivor on earth is using his devices for survival in his desolate and lonely existence in constantly life-threatening situations.

The sculpture Tanking Machine, for instance, consists of a structure "filled with a physiological solution of sodium chloride that is heated to approximately body temperature where one floats in a state of deprived sensory functions therefore being able to enter a state of meditation", Soul of Bubble King is "an anti-personal intimidation protection suit which threatens any invaders by swelling up its body", or Rocking Mammoth which is "a 20th century mammoth that can neither walk forwards nor backwards".

Yet, despite or perhaps even because of their complete lack of actual functionality, Yanobe's sculptures never fail to hold a comical or even satirical undertone which hints towards his cultural background of Manga and Anime. His both childlike/impulsory yet at the same time brilliant inventive mind perfectly pictures him as a classic member of the japanese otaku or geek culture, whose members grew up with an entertainment industry trying to deal with the national trauma of a nuclear attack through science fiction and post-apocalyptic themes, and who's minds are eager to explore the possibilities of the inventive mind just for the sake of visionary creativity and over the top ingenious fantasy, while at the same time putting their own humanity in perspective. M the Knight, for instance, works as a brilliant social commentary: After being invited to submit a piece to Disneyland's 50th anniversary celebration, Yanobe drew inspiration from an original design of the brand: "During World War Two, Walt Disney designed a Mickey Mouse gas mask with the idea that children would wear it readily in times of need. On learning this fact, wondering what kind of protective gear Disney would have to offer us today, if he were still alive in this new century of war, Yanobe created this set of Mickey Mouse armor." According to his notes, upon receiving his submission, Disney decided not to put it on display after all.

THE LONELY TRAVELER
Yanobe's second body of work is the Atom Suit Project, a photographic documentation of his journeys to desolated and abandoned areas wearing his self-made radiation suit. The lonely figure on the photographs seems like an extraterrestrial astronaut or a traveler from the future visiting the last remains of a former human civilization. The images work as a beautiful allegory for one's own personal fears of inner alienation and abandonment.

Giant Torayan. 2005

M the Knight. 2006

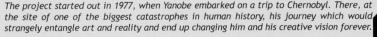

Survival Gacha-pon. 1998

Torayan's Great Adventure. 2007

The project started out in 1977, when Yanobe embarked on a trip to Chernobyl. There, at the site of one of the biggest catastrophes in human history, his journey which would strangely entangle art and reality and end up changing him and his creative vision forever.

"I wished to see 'The ruins of the future' again - this was my first motivation, well, a kind of romanticism. However my expectations were destroyed by visiting Chernobyl. I was strongly shocked by knowing that there are still people who have to live there in the forbidden areas.I was shocked by interacting with people. What I've done, I thought, making art pieces to present a social problem with the concept of pilgrimage to the ruins of the future, is cheap and nothing I felt. It remains within me as a serious mission, as if I was carrying a cross.Before the end of the century, I resolved to end my travels for 'Survival', and shifted my theme to 'Revival', from a sort of apocalyptic thinking to a positive expression.It took a long time to make works again since my visit to Chernobyl, and the experience will remain within me for a long time."

Not only had his visit to Chernobyl left a deep emotional impression on him, it also unexpectedly laid the foundation for Yanobe's third and arguably most important and ongoing project to this day: Torayan's Big Adventure, a series of works including sculptures, videos, drawings and a picture book revolving around a character called Torayan on his mission to reignite the sun. Upon visiting an abandoned nursery school in Chernobyl, Yanobe found a broken doll among the objects that had been left behind in

a hurry, and immediately imagined a connection between the doll and a drawing of a small sun he saw in one of the classrooms.

"In my imagination, the sun from the ruins got into the abandoned doll, and it gives life to the doll, makes it move – the theme of the work is revival. Torayan was originally the dummy in the ventriloquist's routine my father began after he retired. I made an Atom Suit for Three-year-old-child size and actually it was for a boy I met in Chernobyl, but my father took it and dressed Torayan without asking me. However it inspired me: the idea of the revived doll in Chernobyl and the Atom suited Torayan together united. I pictured Torayan appearing in front of me, who had removed the Atom Suit at the site of "The ruins of the future", and he became a new performer that served as a medium to connect my imaginary world and the real world."

TORAYAN'S BIG ADVENTURE

Since then Torayan has been the protagonist of Yanobe's body of work, a work he describes as "a life long movie" and is the main evidence of a profound change of attitude inside the artist. Never setting any creative boundaries to his work, which involves collaborations with fashion designers like Issei Miyake (Queen Mamma, a sculpture with the function of a dressing room created for a new store. Changing clothes in a room resembling a womb promotes a change in consciousness. You will discover a transformed self."), to workshops with children, the former feeling of isolation within the megalomanic scientist gives sud-

Hammer Head Coffin. 1991

ULTRA — Kuroi Taiyo (Black Sun). 2009

denly way to a profound wish to communicate, expressed in works such as Drawing the Cosmos, which consists of "a sun as the symbol of rebirth placed on the blackboard of a huge kindergarden-style room. Different messages and drawings are placed on the blackboard every day."

A human being who only communicates through machines will finally merge with the machine, become a machine and thus cease to be human. And maybe this is what is meant to happen to us in the future, to be all electrical, mechanical, digital. A future, like all futures, only bearable when abstract, but right as i am writing this, more and more of us become aware of the fact that we are a machine already and that this machine slowly has started to decay. Kenji Yanobe's work shows us what we might end up turning ourselves into, which makes it much less science fiction and much more about the here and now than it seems.

"I believe that art has a possibility to change society as same as philosophy. Not heading to the destruction but to the creative future. I always wish and believe the possibility of art. We need to have a beautiful future and I am not going to give up. I never give up a happy future for my children. Utopia is the continuation of a happy present."

There are words and drawings and music and philosophy and books and art and there is you. It does not matter how but the most important thing above all is to still be able to express yourself with meaning and through this touch one another. There are other things besides science with which we create the future.
None should be discarded.

Amrei Hofstätter.
+info: www.yanobe.com
images cortesy of: Yamamoto Gendai Gallery.

La historia está plagada de libros maravillosos que reconstruyen lo que ocurrió. Están Roma y los romanos, con su estructura social de perfección efímera, sus casas con impluvio y sus legiones. Está el Antiguo Egipto, envuelto en misterio y presidido por unas pirámides que representaban la antesala geométrica de una vida posterior a la muerte. La prehistoria es un periodo salvaje construido a base de fósiles, utensilios de sílex y pinturas rupestres. Hay un poco de todo, pero, por razones obvias, ni rastro del futuro. Lo que está por venir sólo puede vislumbrarse mediante un ejercicio de imaginación al alcance de unos pocos. También está el hecho de que el ser humano por naturaleza desea aquello que no tiene y el hombre cuenta con poca historia tras de sí y mucho futuro por delante…Si rectifica a tiempo.

Afortunadamente la literatura no didáctica y el cine sí se han atrevido, y se atreven, a dar el salto mortal hacia delante. Unos cuentan historias de seres hermosos e indolentes que habitan la superficie de una tierra en ruinas en el año 802701, otros vaticinan un futuro en guerra en el que la salvación queda en manos de un niño, mientras que un amplio sector de escritores y cineastas se decanta por cuestionar la realidad misma de la existencia. Posiblemente Jean Pierre Roy fuera uno de esos niños que buscan aquí y allá los datos sobre el porvenir que escapan a las lecturas recomendadas en los circuitos escolares. Él traslada a las artes plásticas el impulso narrativo que llevó a los grandes visionarios a dibujar los trazos de lo que podría llegar a ser.

LOS GRANDES AUSENTES

Roy pinta grandes cuadros al óleo de un futuro deshabitado. Los paisajes industriales, las tormentas eléctricas y los edificios en ruinas hablan de la belleza de la devastación. Es la fascinación que causa el caos que precede a un nuevo orden. No hay referentes humanos; las personas sólo aparecen ocasionalmente y cuando lo hacen se presentan como reflejo de una fuerza diminuta que trata en vano de paliar el desastre. El hombre no es la medida de nada porque sus unidades de tiempo resultan insignificantes cuando se comparan con un latido del universo.

JEAN PIERRE ROY
FASCINACION POR EL CAOS

El propio autor explica la razón de la ausencia de figuras humanas en sus obras: "En el momento en que colocas a una persona en un paisaje deja de ser el paisaje que te ocurre a ti para convertirse en el paisaje que le sucede a la persona del cuadro ?asegura?. Con algunas excepciones quiero que seas tú la persona dentro del paisaje, como si permanecieras al borde de un precipicio escondido o fueras la última persona rescatada de una ciudad costera que se desmorona y la estuvieras contemplando consumida por el fuego y el hielo desde un helicóptero sobrecargado".

Existe una distancia intencionada entre el espectador y la obra. La escala, junto con el cambio y el tiempo, es uno de los elementos invisibles fundamentales para el autor. Son elementos imposibles de describir, no se ven, sino que se intuyen y se sienten. "Nos empeñamos en pensar en el mundo a una escala humana y a mí me encantan los espacios que se sacan de la ecología del yo. Es como estar en un avión y contemplar un pasaje reducido, te habla de un estado mental que no experimentamos a

menudo en la vida." Roy trata así de de romper la pauta de pensamiento en la que los objetos más próximos son los que acaparan la atención del sujeto para plantear una fórmula en la que la distancia es la unidad de medida que da fe de la ralentización del tiempo y mantiene al espectador atrapado en la imagen.

Roy confiesa abiertamente su predilección por los lugares que reflejan al mismo tiempo el orden y el caos. Sus trabajos muestran, en la mayoría de los casos, un marcado componente arquitectónico. El hormigón, el cristal y el acero conviven con la roca, la nieve y los bosques que parecen dispuestos a recuperar, al primer descuido, todo aquello que se les robó. El artista predice desenlaces que no son sino consecuencia de un proceso natural acelerado por el ser humano. El equilibrio entre la naturaleza y el artificio parece poco probable.

"Si pudiéramos dilatar y comprimir el tiempo -explica-, podríamos ver que la naturaleza en sí misma sigue un flujo constante, lo que ocurre es que la lente con la que

contemplamos el tiempo es demasiado lenta para poder apreciar los grandes cambios." El cambio climático es, según el autor, una de las principales pruebas de la aceleración de los procesos naturales, y asegura que, si éste es el juego que planea el ser humano, no apostaría en contra de la naturaleza.

Dios es el otro gran ausente de los trabajos de Jean Pierre Roy. No debería resultar extraño si se tiene en cuenta que, según las creencias populares, el hombre no es más que una versión reducida y multiplicada del que todo lo creó en un intento de paliar el tedio divino. Roy se muestra más interesado en los sistemas de creencias que en los diversos modelos históricos que están entre lo divino y lo humano.

"Dios no está realmente presente en mis imágenes, que quizá se definan más bien por la ausencia de Dios. Sin embargo, encuentro una paz auténtica en la belleza sublime de la interacción entre la materia y la energía del cosmos. Más allá de las implicaciones morales de este evento, hay algo profundamente hermoso en el hecho

de que, incluso cuando una supernova consume a los planetas de su órbita, está haciendo lo que se supone que debe hacer en esas circunstancias."

A CÁMARA LENTA

Roy se asemeja a un planeta que orbita en dirección contraria, describiendo elipses que varían según sus propios impulsos. En contra de las trayectorias habituales en el género, primero se dedicó al cine y después se sumergió en su obra pictórica. Creció en Los Ángeles, donde la industria del cine es la primera influencia que reciben los artistas visuales de la zona en acto o en potencia. Pasaron diez años antes de que Roy se cansara del procedimiento que la industria cinematográfica le exigía como director artístico y diseñador de conceptos. Llegó a un punto en el que quería ralentizar el proceso de contar historias.

"La dosis de entrega y concentración que requiere cerrar la puerta del estudio al mundo durante seis meses para hacer una sola pieza puede generar una comprensión sublime y reflexiva de asuntos que no se puede tra-

ducir en palabras o en 24 fotogramas por segundo."

Los artistas de cómic de la década de los ochenta, desde los ilustradores franceses como Moebius o Philipe Druillet hasta los japoneses como Katsuhiro Otomo o Masamune Shirow, pasando por Kevin O'Neill y Geof Darrow, son algunas de las principales referencias del artista. Roy recuerda que quedó fascinado por la "arquitectura visionaria de aquellos tipos", que le enseñaron a plasmar el espacio y la forma, así como a "pensar en las relaciones entre micro y macro". De ellos aprendió, en definitiva, a construir imágenes con siluetas y "siluetas que siempre revelaban algo más que su dramática forma gráfica: la importancia tanto de una lectura visual rápida como de una lectura lenta".

La arquitectura que activa la imaginación de Roy surge de la entropía, la acción de la erosión natural, la decadencia y el abandono. Se declara admirador de la obra de arquitectos como Lebbeus Woods, cuyas construcciones parecen haberse erigido al ritmo de un metrónomo que ha perdido la noción de los tiempos.

"Utiliza la arquitectura como medio para derribar los antiguos y predecibles sistemas de creencias que otros muchos arquitectos tratan de reforzar", afirma.

"Al vivir en Nueva York -prosigue-, estoy rodeado de lo mejor y de lo peor de la arquitectura contemporánea y me sorprende cómo diferentes personas ven un éxito o un fracaso en un mismo edificio. Raramente llegamos a un consenso sobre lo que todos aman o lo que todos odian."

Roy considera que ha terminado la era en la que las ciudades mostraban diferencias radicales respecto a las sensaciones y la estética de sus nuevos edificios. "Las firmas de la arquitectura universal se han adentrado tan profundamente las unas en el mercado de las otras que las diferencias regionales se han vuelto discutibles -sostiene-. Realmente me gustaría ver una divergencia radical en las formas arquitectónicas del siglo XXI, que pudieran perdurar y darnos algo nuevo para amar o para odiar, no sólo algo para pasear por su interior o sus alrededores."

UN PASEO POR EL FUTURO

Lem Stanislav incluye en Diarios de las estrellas un relato disparatado en el que advierte de los peligros que puede suponer viajar en el tiempo para un ser tan pagado de sí mismo como el hombre. La comunidad histórica y científica advierte en un futuro lejano los errores cometidos y trata de corregir los dislates que corrompieron a la especie. Una vez construida la máquina del tiempo, cada cual trata de imponer su criterio con consecuencias nefastas. En el cuento los científicos demasiado creativos son desterrados a diversos lugares y a momentos dispares. Un joven aficionado a crear máquinas voladoras de diseños extravagantes aparece así en el Renacimiento italiano. Otro científico bromista con una peculiar forma de interpretar las reglas del juego de la genética encuentra el destierro en los Países Bajos, donde da vida a sus ensoñaciones en cuadros polícromos bajo el sobrenombre de Hieronymus Bosch. Los cuadros de Jean Pierre Roy son tan nítidos que en ocasiones plantean la duda de si se habrá infiltrado entre las filas del presente venido de un tiempo que tardará siglos en llegar.

Roy, sin embargo, no se considera un visionario. No rechaza la conexión entre la ciencia ficción y otros géneros narrativos de su infancia, pero también trata de trascender de sus influencias y ofrecer otro punto de vista. "Veo mi trabajo como la reconciliación o la colisión de mis influencias de high-art y low-art -explica-. Por cada momento inspirado de Blade Runner hay un pasaje de Caspar David Friedrich; por cada giro a lo Bierstadt o El Bosco hay un momento Hugo Ferris o George Miller."

En cualquier caso, no se reconoce en el término visionario porque considera que no tiene un cuerpo de trabajo o una filosofía de suficiente envergadura como para competir con autores que considera brillantes. "Dicho esto -aclara-, estoy seguro de que si se observa detenidamente el trabajo de El Bosco probablemente no se pueda diferenciar de lo que consideramos como ciencia ficción: extraterrestres corriendo por ahí, maquinaria gigante y paisajes ardiendo. ¿Son indicios de ciencia ficción? Quién sabe."

Roy es además un artista atípico en las formas. No utiliza programas de dibujo y diseño sofisticados para elaborar las imágenes. Comenta que su trabajo durante años con tecnología de tres dimensiones en las industrias de los videojuegos y los efectos especiales lo ayudó a desarrollar un concepto sólido de cómo trabajar con la perspectiva y la luz de una manera analítica, sin necesidad de utilizar referencias externas como fotografías o paisajes naturales. "He desarrollado una especie de desorden obsesivo compulsivo que me lleva a querer crear la imagen desde el principio. Siempre he querido saber cómo funciona todo para poder reproducirlo visualmente desde la memoria, y pintar es el vehículo a través del cual logro cuantificar y codificar el mundo físico."

La materialización de la obra se presenta como un gran reto. Roy asume con satisfacción la responsabilidad que desarrollaron los pintores abstractos del siglo XX frente al lienzo. "Cada día dejo que la imagen cambie tan dramática o tan sutilmente como sea necesario. [...]. Hay una tendencia entre los pintores figurativos a dejar a un lado su modo de pensar compositivo o cromático cuando imprimen desde Photoshop, es tan sólo una ejecución académica. Yo quiero resistir esa tentación y afrontar el desafío de una imagen desconocida cada vez que entro en el estudio."

A pesar de no considerarse un visionario, no tiene inconveniente en jugar a las adivinanzas sobre qué tipo de apocalipsis podría acabar con la civilización conocida. "El más probable es aquel con el que llevamos conviviendo millones de años." Se refiere a los apocalipsis cotidianos que sacuden el globo terráqueo desde Haití a Darfur. "La gente está experimentando las peores cosas imaginables en algún lugar de la Tierra mientras el resto simplemente vive una jornada normal." Apunta que siempre existe la posibilidad de que un Estado travieso inicie una guerra nuclear o de que explote un supervolcán.

La indiferencia hacia la tragedia ajena tiene más capacidad erosiva que un centenar de ríos desbordados. El ensimismamiento en la propia realidad y la consideración de los criterios aprendidos como los únicos válidos tienen más potencial destructor que un millar de bombas atómicas. Los libros dan fe de ello y probablemente no habrá quien pueda escribir el último capítulo si las cosas no cambian. Las promesas de las nuevas tecnologías y la prosperidad sin valores que las sustenten hunden sus raíces en el siglo XXI como un árbol nocivo que bloquea la vida a su alrededor. Sin embargo, Jean Pierre Roy cree que todavía queda algo de esperanza. "Las probabilidades de que ocurra una catástrofe mundial siempre son menores que las de catástrofes regionales, que son las que ocurren cada día y las únicas respecto a las cuales podemos hacer algo."

Sandra Balvín.
+ info: www.jean-pierreroy.com

History is crammed with marvellous books that reconstruct the past. There's Rome and the Romans, with their social structure of ephemeral perfection, their houses with their impluvium devices and legions. Then, there's Ancient Egypt, wrapped in mystery and the pyramids presiding over everything, representing the geometric threshold of a life after death. Prehistory is a wild period built on the foundation of fossils, flint utensils and rock paintings. There is a little of everything, but, for obvious reasons, no sign of the future. What is to come can only be glimpsed at by a stretch of the imagination, which is within the grasp of just a few. This could also be explained by the fact that man, by nature, always wants what he doesn't have, and man has a short history behind him and a long future ahead... If he changes in time.

Fortunately, non-educational literature and the cinema were brave enough, and bold enough to leap forwards to the future. Some tell tales of beautiful, lazy beings that inhabit the surface of an earth in ruins in the year 802,701. Others prophesy a future at war in which salvation lies in the hands of a child, while a large sector of writers and film makers opt for doubting the very reality of existence. Jean Pierre Roy may have been one of those children who searched high and low for details of a future that never quite made it into the recommended reading lists for schools. He transfers to the graphic arts the narrative drive that led the great visionaries to outline what the future could hold.

THE ABSENT ONES
Roy paints large format oil paintings of an uninhabited future. The industrial landscapes, the electrical storms and the buildings in ruins talk of the beauty of devastation. It is fascination that causes the chaos that precedes a new order. There are no human reference points. People only appear occasionally and when they do, they are presented as a representation of a tiny force that is vainly attempting to alleviate the disaster. Man is no measure of anything because his units of time turn out to be insignificant when compared to the pulse of the Universe.

The author himself explains why human figures are absent from his works. "The second that you put a person in a landscape, it ceases to become the landscape happening to you, and it becomes the landscape happening to the person in the picture", he explains. "With few exceptions, I want you to be the person in the landscape, as if you stumbled upon it through at the end of hidden ravine, or as If you were the last person airlifted from a crumbling coastal city and were watching it get consumed by fire and ice from the window of an overloaded helicopter."

There is an intentional distance between the spectator and the work. The scale, together with the elements of change and time, is one of the fundamental invisible elements for the artist. These are elements that are impossible to describe; you cannot see them, you just sense them, feel them. "We get so stuck thinking about the world on a human scale, and I love spaces that shake you out of the ecology of the self. It's like being on an airplane and looking over the shrunken landscape... It speaks to a contemplative mental state that

we don't get to experience that often in life.". Thus, Roy tries to break the pattern of thought in which the closest objects are the ones that dominate the subject's attention, thereby creating a formula in which distance is the unit of measurement that bears witness to the slowing down of time and keeps the spectator trapped by the image.

Roy openly admits his preference for places that reflect both order and chaos at the same time. In most cases, his works show a pronounced architectural component. Concrete, glass and steel live side by side with rock, snow and forests - natural elements that seem to be willing to recover everything that has been stolen from them at the first chance they get. The artist predicts

outcomes that are merely the consequence of a natural process that has been accelerated by man. The balance between nature and artifice seems unlikely.

"If we can dilate and compress time, we can see that Nature itself is always in flux, it's just that the lens of time that we view it through is too slow for us to see the large changes". According to the artist, climate change is one of the main pieces of evidence of the acceleration of natural processes and he claims that, if this is man's game plan, he would not bet against Nature.

God is another of the missing players of Jean Pierre Roy's works. This should not be surprising if we consider that man is no more than a reduced and multi-

plied version of the great creator brought about in an attempt to offset divine tedium, according to popular belief. Roy appears more interested in belief systems than in the different historical models between the divine and the human.

"God isn't really present in my images and is perhaps defined more by the absence of "God." I do, however, find a very real peace in the sublime beauty of the interaction of matter and energy in the cosmos. Outside of the moral implications of such an event, there is something so profoundly beautiful in knowing that even when a star super-novas and consumes its orbiting planets, it is still doing what it is supposed to do under those circumstances."

IN SLOW MOTION

Roy is like a planet orbiting in the opposite direction, forming ellipses that vary depending on their own impulses. Contrary to the usual way of doing things, he was a filmmaker first, and then he immersed himself in his pictorial work. He grew up in Los Angeles, where the film industry is the main impact that most artists of the area receive. Ten years went by before Roy would tire of the process that the film industry required of him as an art director and designer of concepts. He got to the point where he wanted to slow down the story-telling process.

"The amount of devotion and focus that it takes to close the studio door to the world for 6 months at a time to make a single piece can produce a very sublime, medita-tive understanding of subjects that doesn't translate into words (or 24 frames a second) very well".

The comics of the 1980s, from French illustrators such as Mobius and Phillipe Druillet to the Japanese artists such as Katshuhiro Otomo and Masamune Shirow, via Kevin O'Neill and Geoff Darrow, are some of the main reference points for this artist. Roy remembers that he was trapped by the "visionary architecture of those guys", who taught him to express space and form, and how to "think about the relationships between micro and macro". In short, from them, he learned to build images with silhouettes and "silhouettes that always reveal something other than their dramatic graphic form: the importance of both fast and slow visual reading".

The architecture that activates Roy's imagination emerges from entropy, from the action of natural erosion, from decadence and neglect. He confesses that he is an admirer of architects such as Lebbeus Woods, whose buildings seem to have been erected to the rhythm of a metronome that has lost its notion of time. "he uses the architecture as a means to tear down old structural and predictable beliefs systems that so many other architects seems to reinforce", he states.
"Living in New York I am surrounded by both the best and the worst of contemporary architecture and I am always surprised at how different people view the success or failure of the same building. Rarely do we arrive at a consensus that something is loved by everyone or hated by all". Roy is under the impression that

the age in which different cities showed radical differences in terms of the sensations they provoked and their architectural aesthetics is over. " Global architecture firms have reached so thoroughly into each other's markets that regional differences are rendered moot. I'd really love to see a radical divergence of architectural forms in the 21st century, ones that would stand out, and give us something new to love or to hate, rather than to just walk through or around".

A STROLL THROUGH THE FUTURE

Lem Stanislav`s "Star Diaries" includes a ludicrous tale in which he warns of the perils of time travel for a being so taken with himself as man. The historic and scientific community warns of the mistakes made in the distant future and tries to correct the absurdities that corrupted the species. Once the time machine is built, everyone tries to impose his or her own criterion with terrible consequences. In the story, scientists who are overly creative are exiled to different places and different

every "Blade Runner" inspired moment, there is a Casper David Friedrich passage. For every Bierstadt or Bosch turn, there is Hugh Ferris or George Miller moment".

In any event, the term "visionary" doesn't sit comfortably with him because he doesn't think he has a body of work or a philosophy of sufficient magnitude to compete with authors that he considers brilliant. "That being said, I'm sure people looked at Heironymous Bosch back in the day and thought that his work was probably indistinguishable from what we think of as Sci-Fi: Alien creatures running around, giant engineering devices, and smashed burning landscapes. His has all the hallmarks of great sci-fi, so who knows?".

Moreover, Roy is atypical of an artist in the way he works. He does not use sophisticated drawing or design programmes to create his images. He talks about his work over the years with 3-D technology in the videogames and special effects industry and how it

want to resist that temptation and face the challenges of an unknown image everyday that I enter the studio"...

Despite the fact that he does not consider himself a visionary, he does not mind playing guessing games about what kind of apocalypse could put an end to civilisation as we know it. "The most probable one is the one that we've been living with for millions of years". He is talking about the everyday tremors that shake the globe from Haiti to Darfur. "people are experiencing the worst things imaginable on some parts of the earth while the rest of us just live a normal day". He points out that there is always a chance that a rogue state will start a nuclear war or that a super volcano will erupt.

Indifference to other people's tragedies has more corrosive ability to harden the soul than a hundred flooded rivers. Focusing so hard on your own reality and deeming acquired criteria as the only ones that are acceptable has more destructive power than a thousand atom

times. A young man with a bent for creating extravagantly-designed flying machines appears in the Italian Renaissance. Another practical joker of a scientist with a peculiar interpretation of the rules of genetics finds himself in exile in the Netherlands, where he brings his dreams to life in poly-chromatic pictures under the pseudonym Hieronymus Bosch. Jean Pierre Roy's pictures are so clear that they sometime raise doubts as to whether they might have infiltrated the ranks of the present from a future time that is centuries ahead.

Roy does not, however, consider himself a visionary. He does not reject the connection between science fiction and other narrative genres of his childhood, but he also attempts to transcend their influences and offer a different point of view. "I see my work as reconciliation or collision between my high-art and low-art influences. For

helped him to develop a solid concept of how to work on perspective and light analytically without having to use external references such as photographs or natural landscapes. "I've developed a sort of OCD about wanting to create the image totally from scratch. I've always wanted to know how everything worked so that I could replicate it visually from memory, and painting is the vehicle by which I get to quantify and codify the physical world".

The materialisation of his work is presented as a major challenge. Roy is happy to accept the responsibility that the 20th century abstract painters developed on canvas surfaces. "Every day I let the image change as dramatically or and subtly as need be. There is a tendency amongst representational painters to turn off their compositional or chromatic thinking when they hit print from Photoshop. The rest is just academic execution. I

bombs. The books that have been written bear testimony to that and there probably won't be anybody who can write the last chapter if things do not change. The promises that new technologies bring and the valueless wealth that acts as justification for them have taken root in the 21st century like some kind of toxic tree that prevents life from flourishing around it. But Jean Pierre Roy believes that there is still hope. "the chances of global catastrophe, no matter how high, are always lower than the chances of the types of regional catastrophes that are happening everyday, and those are the ones that we really can do something about".

Sandra Balvin.
+ info: www.jean-pierreroy.com

JEFF BARK
PROMESAS INCUMPLIDAS.
PICTORIALISMO POSTAPOCALIPTICO.

Hablaban los mayas del no-tiempo, un período comprendido entre los años 1992 y 2012 para el que profetizaron alternativas de aprendizaje y grandes cambios; una especie de período de reflexión en el que el ser humano habría de ser consciente de toda la mierda que produce y tendría la oportunidad de revertir la situación; años en los que una luz emitida desde el centro de la galaxia sincronizaría a todos los seres vivos permitiéndoles acceder voluntariamente a una transformación interna.

Decía la séptima profecía de los libros del *Chilam Balam* que el hombre viviría el florecimiento de una nueva realidad basada en la reintegración con el planeta y todos los seres humanos. Que la humanidad entraría al gran salón de espejos donde se enfrentaría consigo misma para analizar su comportamiento con el entorno y el planeta en el que vive, y en ese momento, se supone, comprendería que es parte de un único organismo de enormes dimensiones y se conectaría con la tierra. Que nuestra propia conducta de depredación y contaminación del planeta contribuiría a que estos cambios tuvieran lugar.

Pues bien, yo no sé si los mayas tenían razón o si se trata de una superstición más que ha ido adquiriendo relevancia con el paso de los años y el éxito de su representación cinematográfica, pero lo que está claro es que a dos años de esa fecha límite la probabilidad de que la situación mejore considerablemente parece bastante reducida. Vivimos en un mundo de necios en el que el consumo desenfrenado ha generado grandes carencias. Formamos una civilización fracturada en la que la armonía se descompone y el hombre se ha convertido en su propio enemigo; un sujeto despojado de identidad que disfruta y se reconforta imaginando cosas que no desearía para sí mismo. El truco está en recrear para sí la idea de un futuro no sólo no ideal, sino indeseable, desvinculado de la situación vital de cada uno, una distopía a la carta; la creencia en una serie de posibles circunstancias atroces que le permita a uno conformarse con lo que le ha tocado vivir porque todo "podría haber sido peor".

"La ciudad parece estar consumiéndose poco a poco, pero sin descanso, a pesar de que sigue aquí." [1]

Como en *El país de las últimas cosas* de Auster, a Jeff Bark le interesa la representación de un infierno moderno, terrenal, contrario a la utopía, en el que se han perdido los valores y el ser humano sobrevive sin perspectivas, sin futuro y sin memoria; una realidad que alude al aislamiento de la vida contemporánea y la degradación del entorno. El tiempo como proceso ya no existe, sino que se ha convertido en una mera yuxtaposición de momentos que no conducen a nada ni provienen de ningún lugar. Todo se ha parado.

Como si se tratara de naturalezas muertas, Bark distribuye a los personajes en un escenario cuya luz evidencia la influencia de los maestros holandeses y renacentistas. Instantáneas enmarcadas en estudiados claroscuros y delicados juegos de luz. Pieles translúcidas. Inmaculados trazos de humanidad que podrían enmarcarse en la corriente del pictorialismo. "Los decorados que construyo normalmente están basados en una paleta de color y permanecen dentro de esa misma gama -explica-. Empiezo con un boceto y lo utilizo de referencia para conseguir las cosas que necesito para llenar el plano. Si estuviera pintando trabajaría de la misma manera, utilizando la luz y la oscuridad para conseguir un equilibrio y guiar los ojos del espectador a diferentes partes de la fotografía."

En sus imágenes, sin embargo, no trata de emular pinturas, "sino crear una luz que no haya visto nunca antes". Esto lo consigue utilizando cámaras de gran formato y larguísimas exposiciones. Tiene más que ver con quitar luz que con añadirla, con cerrar las ventanas del estudio y dejarlo todo en penumbra consiguiendo además ese efecto en el que parece que la luz emana de los personajes en vez de incidir en ellos. "Hay ciertas cosas en la vida que son constantes fuentes de inspiración para mí; las luces son una de ellas." Noches manufacturadas, momentos de introspección y simbolismo decadente. Escenas salidas de un sueño que coexisten con el primitivismo de la realidad. Escenarios corruptos de apariencia virginal, casi vulnerable.

En sus composiciones Bark no deja nada al azar, todo es deliberado. "No disparo demasiada película; en su lugar confío en la Polaroid para ver la delicadeza de la iluminación y la composición -señala Bark-. Existe una progresión obvia que arma la imagen final." Como en la serie *Woodpecker*, disfruta recreándose en la riqueza de los detalles y los dobles sentidos, construyendo un ambiente en apariencia seguro donde el espectador se siente cómodo en una primera aproximación. Pero pronto la historia da la vuelta y donde veíamos belleza clásica redescubrimos sordidez y hostilidad y cada objeto escondido aporta algo de información extra. Neumáticos rotos, animales muertos, chatarra sumergida, aguas residuales... "Pongo tanta información en la imagen para que el ojo sigue moviéndose por la escena y no se queda parado en un solo objeto. Muchas de las claves están escondidas entre las sombras. Me gusta llegar con un personaje para cada decorado y después rellenarlo con pistas sobre quién es abasteciendo la escena con todo lo que necesitaría para vivir. Quiero que el espectador pueda descubrir algo nuevo cada vez que observa la fotografía."

Jeff Bark empezó "a obsesionarse con la fotografía" cuando tenía 12 o 13 años. "Creciendo en Minnesota los inviernos eran tan largos que para pasar el tiempo monté un pequeño estudio de fotografía en mi sótano", me comenta. Le interesaba "la ilusión de una realidad perfecta que no puede existir en la vida real". Esto lo llevó a forjarse una meteórica carrera como fotógrafo de moda en la que aprendió "cómo controlar la luz" y consiguió habilidad en el trato con los modelos en el estudio. Ha trabajado para Vogue, Sports Illustrated y Victoria's Secret, por mencionar algunas de sus mejores apuestas en este terreno, y conserva muy buenos recuerdos de esa etapa. "Es uno de los mejores trabajos que se puede tener", insiste. Pero con el tiempo empezó a echar de menos tomar fotografías para sí mismo sin fecha de entrega o cliente al que satisfacer. "Una de las mejores cosas que tiene hacer proyectos artísticos propios es que puedo tomarme mi tiempo y sólo presento las imágenes que significan más para mí."

"Sin listas de cosas que hacer. El día providencia de sí mismo. La hora. No hay después. El después es esto." [2]

En las composiciones de Bark conviven naturaleza y decadencia urbana dando un nuevo significado al término romanticismo. Son una versión degradada del mundo actual que funciona como augurio de lo que podría suceder. Reflejan una sociedad en la que no sólo las cosas, sino también el ser humano se ha vuelto desechable. Una antiutopía de la modernidad en la que el hombre es víctima de la indiferencia y el continuo declive de su entorno pero no ha llegado a perder la humanidad.

Fragmentos de realidad en los que uno aspira a vivir despreocupado, sin prestar atención a lo que le rodea, y donde el lenguaje corporal de los personajes marca el tono narrativo. El fotógrafo ha creado un retrato de una humanidad desolada, alienada, vacía de recuerdos y esperanza. Imágenes que evocan una respuesta emocional y que son también en gran medida estudios sobre el propio cuerpo humano. Desnudos a su vez que no pretenden ser eróticos, sino sinceros, básicos. "En *Woodpecker* quería hacer algo en un espacio exterior y con agua ?explica?. Nací en Minnesota, donde hay lagos y puentes por todas partes. Cuando era niño pasábamos mucho tiempo en el lago nadando y bañándonos desnudos. Quería mostrar la belleza del mal comportamiento, la bebida, las drogas, el sexo y el aislamiento que conlleva ser adolescente."

"Por mí se va a la ciudad del llanto; por mí se va al eterno dolor; por mí se llega al lugar en donde moran los que no tienen salvación [...]. ¡Oh vosotros los que entráis, abandonad toda esperanza!" [3]

Justo antes de entrar en el infierno de Dante se podía leer en la puerta esta inscripción que no auguraba nada bueno. Como en *La Divina Comedia*, los personajes de Bark se encontrarán por el camino con un buen abanico de pecados capitales, tentaciones y vacío existencial. Para que exista la distopía debe existir el dolor; dolor de sentirse inútil. Allí la salvación se encuentra en la huida desesperada y no en la fe. Un lugar común también en el que el autor trata de diseccionar la indómita condición humana. Una distopía representada de forma poética y conceptual que no habla de futuro, sino que muestra un presente estancado en el tiempo.

El trabajo de este artista refleja una colectividad moderna que se extingue ante la pasividad de los individuos que la forman. El último reducto de una civilización amnésica y agonizante cuya realidad se desmorona. Personajes que de alguna manera han sido engañados, que sobreviven en un mundo de promesas incumplidas y falacias. Historias evocadoras al estilo de las grandes tragedias griegas. "Recuerdo haber leído algo sobre una ciudad que se levantó en armas contra unos chicos que habían matado a un cisne a pedradas. Yo siempre estoy intentando que la gente vea la belleza de algo horrible. Quería que el cisne pareciera idílico pero que tras mirarlo más de cerca uno pudiera ver que era tóxico. Los tubos de aguas residuales, coches convertidos en chatarra y basura se suman a la amenaza." Esta imagen de los chicos acompañados por el cisne nos trae a la memoria la historia de Leda y el cisne, aquella en la que Zeus, haciéndose pasar por un cisne perseguido por un águila, seduce a Leda y termina violándola. En *Woodpecker* los adolescentes juegan también con el cisne totalmente ajenos al peligro. No entienden que es una amenaza, algo que les hará daño a pesar de su belleza, una pieza más del engranaje de este pequeño gran apocalipsis en marcha.

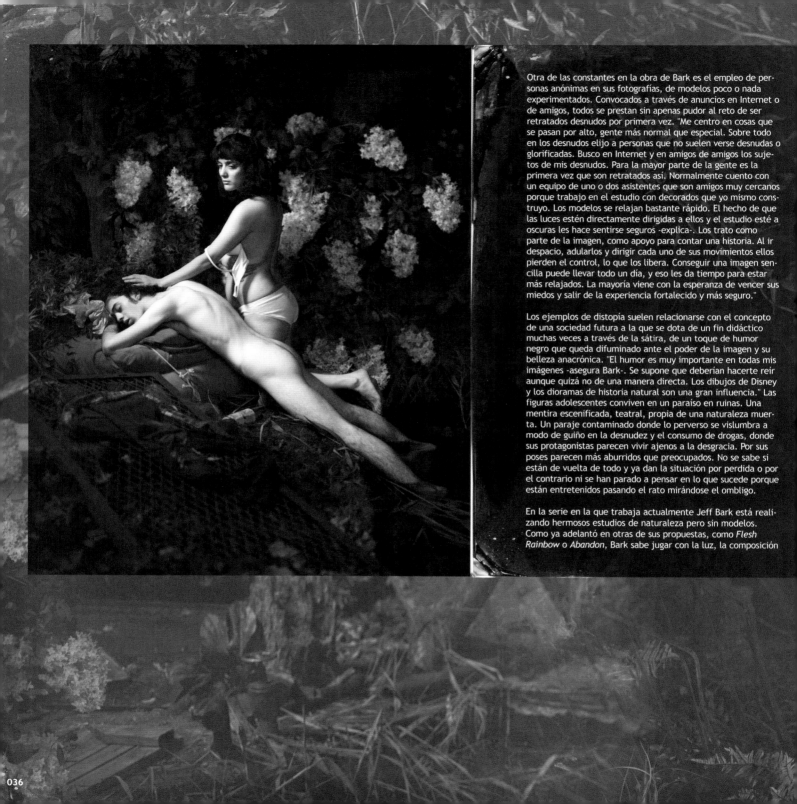

Otra de las constantes en la obra de Bark es el empleo de personas anónimas en sus fotografías, de modelos poco o nada experimentados. Convocados a través de anuncios en Internet o de amigos, todos se prestan sin apenas pudor al reto de ser retratados desnudos por primera vez. "Me centro en cosas que se pasan por alto, gente más normal que especial. Sobre todo en los desnudos elijo a personas que no suelen verse desnudas o glorificadas. Busco en Internet y en amigos de amigos los sujetos de mis desnudos. Para la mayor parte de la gente es la primera vez que son retratados así. Normalmente cuento con un equipo de uno o dos asistentes que son amigos muy cercanos porque trabajo en el estudio con decorados que yo mismo construyo. Los modelos se relajan bastante rápido. El hecho de que las luces estén directamente dirigidas a ellos y el estudio esté a oscuras les hace sentirse seguros -explica-. Los trato como parte de la imagen, como apoyo para contar una historia. Al ir despacio, adularlos y dirigir cada uno de sus movimientos ellos pierden el control, lo que los libera. Conseguir una imagen sencilla puede llevar todo un día, y eso les da tiempo para estar más relajados. La mayoría viene con la esperanza de vencer sus miedos y salir de la experiencia fortalecido y más seguro."

Los ejemplos de distopía suelen relacionarse con el concepto de una sociedad futura a la que se dota de un fin didáctico muchas veces a través de la sátira, de un toque de humor negro que queda difuminado ante el poder de la imagen y su belleza anacrónica. "El humor es muy importante en todas mis imágenes -asegura Bark-. Se supone que deberían hacerte reír aunque quizá no de una manera directa. Los dibujos de Disney y los dioramas de historia natural son una gran influencia." Las figuras adolescentes conviven en un paraíso en ruinas. Una mentira escenificada, teatral, propia de una naturaleza muerta. Un paraje contaminado donde lo perverso se vislumbra a modo de guiño en la desnudez y el consumo de drogas, donde sus protagonistas parecen vivir ajenos a la desgracia. Por poses parecen más aburridos que preocupados. No se sabe si están de vuelta de todo y ya dan la situación por perdida o por el contrario ni se han parado a pensar en lo que sucede porque están entretenidos pasando el rato mirándose el ombligo.

En la serie en la que trabaja actualmente Jeff Bark está realizando hermosos estudios de naturaleza pero sin modelos. Como ya adelantó en otras de sus propuestas, como *Flesh Rainbow* o *Abandon*, Bark sabe jugar con la luz, la composición

y el simbolismo para crear imágenes poco académicas, aproximaciones modernas a temas clásicos, instantáneas en el límite entre lo erótico y la desesperación, entre la pintura y la fotografía. Hay que confiar en su criterio.

"Cuando sueñes con un mundo que nunca existió o con un mundo que no existirá y estés contento otra vez entonces te habrás rendido. ¿Lo entiendes? Y no puedes rendirte. Yo no lo permitiré." [4]

Hasta que llegue el esperado solsticio de invierno de 2012 no sabremos si los famosos códices mayas están en lo cierto, si los designios celestes nos tienen reservada alguna sorpresa. Intentaremos seguir apelando al sentido común, no contaminar dramáticamente la atmósfera, guarecernos de la lluvia ácida, prevenir terremotos y tsunamis, no co-

mernos todo bicho viviente esquilmando las reservas naturales... Responsabilidad, compromiso, perseverancia, activismo, coherencia. Con tu permiso, aunque con cierta cautela e intentando hacer las cosas bien desde la base, me dispongo a seguir viviendo, que sólo con la enorme responsabilidad que supone cuidar de mí ya me sobran las obligaciones.

Elena Quintana
+ info: www.jeffbark.com
Imagenes cortesía de Hasted Hunt Kraeutler

1. *El pais de las últimas cosas*, de Paul Auster.
2. *La carretera*, de Cormac McCarthy.
3. *La Divina Comedia*, de Dante Alighieri.
4. *La carretera*, de Cormac McCarthy.

[ENGLISH]
UNFULFILLED PROMISES.
POST-APOCALYPTIC PICTORIALISM.

The mayans talked about no-time, a period between 1992 and 2012 during which they predicted alternatives for learning and big changes. A period of reflection in which man would be forced to face up to all the shit that he produces, but he would also have a chance to revert the situation. Years during which a light emitted from the centre of the galaxy would connect with all living beings, granting them voluntary access to an internal transformation.

In the seventh prophecy of Chilam Balam's books it's said that man would experience the flourishing of a new reality based on re-integration with the planet and all human beings. Humanity would enter a big hall of mirrors where it would be confronted by itself and have to analyse its behaviour with respect to its surroundings and the planet on which it lives. At that moment, it is supposed, man would understand that he is part of one enormous organism and he would connect with the earth, and that our depredation and pollution of the planet would lead to these changes.

Well, I don't know if the Mayans were right nor not, or whether it is just one more superstition that has become more and more relevant with the passing of the years and the success of its representation on the screen. However, what is clear is that with just two years to go before the deadline, any hope that the situation is going to get considerably better seems to be highly improbable. We live in a world of dunces in which unbridled consumerism has caused huge deficiencies. We form part of a fractured civilisation in which harmony has broken up and man has become his own worst enemy; a subject stripped of identify who seems to find comfort in dreaming up things that he wouldn't want for himself. The trick is to recreate an idea of the future not only "not ideal", but also undesirable and detached from their vital situation, a dystopia à la carte; the belief in a series of possible atrocious circumstances that leads to an acceptance of his lot because "it could have been so much worse."

"The city seems to be consumed slowly, but relentlessly, despite It still being here" [1]

As in Paul Auster's In the Country of Last Things, Jeff Bark is interested in the representation of a modern hell, worldly, contrary to utopia, in which all values have been lost and human beings survive without hope, future or memory; a reality that alludes to the solitary confinement of contemporary life and the degradation of our surroundings. Time as a process no longer exists, but has been converted into a simple juxtaposition of moments that don't lead to anything or come from anywhere in particular. Everything has stopped.

As if it were a question of a nature void of life, Bark places his characters in a scene with shades of light that hark back to the influence of Dutch Renaissance masters. Snapshots framed in studied chiaroscuro and delicate touches of light. Translucent skin, immaculate sketches of humanity that could be placed in the current of pictorialism, "The sets I build are usually based on a limited color palette and then stay within the range of that color -he explains-. I start with a sketch and use it as a guide to getting the things I need to fill the frame. If I was painting, I would work the same way, using light and darkness to bring balance and guide the viewer's eye to different parts of the photograph".

In his images, however, it isn't about emulating paintings, "More than emulate a painting he wanted to create a kind of light he had never seen before". He achieves this by using a large format camera and with long exposure. It is more about removing Light, than adding it. By closing the windows in the study and leaving everything in semi-darkness, he creates an effect in which the light appears to be emanating from the characters and not falling on them. "There are certain things in life that are constant sources of fascination, lights is one of them". Manufactured nights, moments of introspection and decadent symbolism. Scenes that appear to have come straight out of a dream co-exist with the primitivism of reality. Corrupt scenes of virginal appearance that are somewhat vulnerable.

In his compositions, Bark, nothing is by chance, everything is deliberate. "I don't shoot much film; relying instead on Polaroid to finesse the lighting and composition -he explains- There is an obvious progression that builds until the final image". As in the Woodpecker series, he enjoys taking pleasure in the richness of details and double meanings, constructing an apparently secure atmosphere in which the spectator feels initially comfortable at first glance. But soon the story takes a turn and where we once saw classical beauty we rediscover sordidness and hostility in which each hidden object brings extra information to the table. Broken tyres, dead animals, partly-buried scrap metal, sewage... "I try and put so much information in the picture that your eye keeps moving around the scene not just resting on one object. A lot of the clues are hidden in the shadows. I like to come up with a character for each set and then fill it with clues as to who they are by stocking the scene with everything they would need to live. I want the viewer to be able to discover something new each time he or she looks at the picture."

Jeff Bark started to get into photography seriously when he was 12 or 13 years old. "I grew up in Minnesota where the winters are so long that I built a little photographic study in the basement where I could pass the time," he explains. He's interested in "the illusion of a perfect reality that cannot exist in real life". This led to a meteoric career as a fashion photographer, where he learnt how to control light and how to deal with the models in the studio. He's worked for Vogue, Sports Illustrated and Victoria's Secret to mention just a few of his more prestigious clients in this field. He also has good memories of this period. "It is one of the best jobs to have, " he says. But over time, he started to miss taking photos for himself, with no deadlines or clients to satisfy. "One of the best things about doing my art projects is that I can take my time and only present the pictures that mean the most to me."

"No lists of things to be done. The day providential to itself. The hour. There is no later. This is later." [2]

In Bark's compositions, nature and urban decadence live side by side giving a new meaning to the term romanticism. It's a degraded version of the world today that works as an omen for what could happen tomorrow. They reflect on a society in which not only things but also human beings have become disposable. An anti-utopia of modernity in which man is a victim of indifference and a continuing decline of his surroundings, but a situation in which man still hasn't managed to lose all sense of humanity. Fragments of reality in which a life of carelessness is aspired to, without a thought for what's around us, and where the characters' body language marks the narrative tone. The photographer has created a portrait of a desolate humanity, alienated, without memories or hope. Images that provoke an emotional response and which are also, to a large extent, studies of the human body. Naked, with no pretentions at eroticism, sincere, basic. As far as Woodpecker is concerned, he claims, "I wanted to do something with an outdoor set and with water. As a kid I grew up on Minnesota where there are lakes and ponds everywhere. We would spend a lot of time at lake cabins swimming and skinny dipping. I wanted to show the beautiful side of bad behavior; drinking, drugs and sex and the isolation that comes with being a teenager."

"Through me you pass into the city of woe: Through me you pass into eternal pain: Through me among the people lost for aye. (...)All hope abandon, ye who enter here" [3]

Just before entering Dante's hell, this inscription could be read on the door, portending evil. And just as in the Divine Comedy, Bark's characters will find a range of sins, temptations and existential emptiness along the way. In order for dystopia to exist, pain must also exist. The pain of feeling useless, a pain in which salvation lies not in faith but in desperate flight; a common place where the author tries to dissect the indomitable human condition. A dystopia represented in a poetic and conceptual manner that doesn't depict a future, but shows a present that is stagnated in time.

The work of this artist reflects a modern collectiveness that spreads as a result of the passivity of the individuals that form part of it. The last redoubt of an amnesic and dying civilisation whose reality is crumbling. Characters who have somehow been deceived, and who survive in a world of unfulfilled promises and untruths. Stories that are reminiscent of the style of the great Greek tragedies. "I had remembered reading about a town that was up in arms about a group of boys who had killed a swan by throwing rocks at it. But I am always trying to get people to see the beauty in something awful. I wanted the swamp to look idyllic and inviting but upon closer inspection one can see that it is toxic. Sewage pipes, junked cars and garbage add to the

menace". This image of the boys accompanied by the swan brings to mind the story of Leda and the Swan, in which Zeus takes on the form of a swan being pursued by an eagle, who then goes on to seduce Leda and ends up raping her. In Woodpecker, too, the adolescents play with the swan in complete ignorance of the danger lurking. They don't understand that it is a threat - something that will harm them in spite of its beauty. One more cog in the wheel of this great little Apocalypse in progress.

Another of the recurring themes in Bark's work is the use of anonymous people - models with little or no experience in photography. Recruited through friends or internet ads, they all offer themselves up to the challenge of being painted nude for the first time without any sense of modesty or shame. "I look to the internet and friends of friends for the subjects of my nudes. For most of the people it is their first time being shot in the nude. I usually work with a crew of one or two assistants who are close friends because I work in the studio on sets which I construct. The models become relaxed quite quickly. Partly because of the studio lights being directed at them and the room being blacked out; it feels safe -he explains-. I treat them as part of the picture; as a prop to tell a story. By going slowly and flattering them by directing their every movement they give up control which frees them. A simple picture could take a day to set up so it gives them time to become more relaxed. Most come to this with the hopes of overcoming fears and leave the experience stronger and more confident."

Examples of dystopia are normally associated with the concept of a future society with some sort of didactic element, mostly of a satirical nature. A touch of dark humour that is blurred by the power of the image and its anachronistic beauty. "Humor is very important in all my pictures -Bark claims-. They are supposed to make you laugh but maybe not right away. Disney cartoons and natural history dioramas are a big influence". The adolescent figures live in a paradise in ruins. A lie set to stage, theatrical, more akin to a dead form of nature. A contaminated place where we're given a glimpse of perversity through all the nudity and the consumption of drugs. Where the characters seem to live far from the desolation. From the look of their poses, they seem to be more bored than worried. It isn't clear whether they are resigned to everything and have given it all up for lost, or whether, on the contrary, they haven't even stopped to think about what's going on because they're so wrapped up in themselves.

In the series on which he's working at the moment, Jeff Bark is creating beautiful studies on nature without any models. As he already hinted at in other works, Flesh Rainbow or Abandon, Bark knows how to play with light, composition and symbolism to create non-academic images, modern approximations to classical themes. Snapshots on the verge of eroticism and desperation. Something between painting and photography. We'll have to trust in his judgement.

"When your dreams are of some world that never was or some world that never will be, and you're happy again, then you'll have given up. Do you understand? And you can't give up, I won't let you". [4]

Until the winter solstice of 2012, we won't know whether the famous mayan codes are true or not, whether the heavenly bodies have a little surprise in store for us. Meanwhile, we'll have to carry on with our pleas for common sense, and avoid polluting the atmosphere too much, shelter ourselves from acid rain, do our best to prevent earthquakes and tsunamis and not eat every living thing until we've exhausted all natural reserves... responsibility, compromise, perseverance, activism, coherence. With your permission, although with a certain degree of hesitation and trying to do things as best I can, I'll just try to go on living. The enormous responsibility of looking after myself is enough as it is. Attempting to claim anything beyond that would probably be going too far.

Elena Quintana
+ info: www.jeffbark.com
Images cortesy of Hasted Hunt Kraeutler

1. In the country of last things, by Paul Auster.
2. The road, by Cormac McCarthy.
3. The Divine Comedy, by Dante Alighieri.
4. The road, by Cormac McCarthy.

LA PREGUNTA FUNDAMENTAL

JONATHAN SCHIPPER

Esta noche he tenido miedo. No era un miedo irracional, de esos que por la mañana te da vergüenza reconocer. Era un miedo real, de los que te calan el alma. Una especie de desasosiego para el que no hay abrazo ni refugio. Tenía miedo a vivir un día tras otro. A mirar sin ver. A no saber qué preguntar. A esperar que me den las respuestas. A la inacción. A estar ya muerta.

He cogido de la mano a mi desvelo y nos hemos levantado. Sentada delante del ordenador repaso la entrevista. Hay luna en el cielo y televisiones encendidas en siete u ocho ventanas de las casas de enfrente. Insomnio hertziano. Mi propia distopía la encuentro en los vecinos.

En un momento convulso de mi vida me he encontrado con Jonathan Schipper. Sus obras han puesto nombre a mis miedos y sus palabras han sido reveladoras.

"¿ES GENIALIDAD? ¿ES MIERDA?"
Me interesa conocer el proceso creativo que utilizas, si lo importante es sobre todo disfrutar del proceso o llegar a un resultado determinado.

Cuéntame un poco cómo es en tu caso.
El proceso para mí es realmente una obsesión o una adicción. A menudo siento vergüenza cuando escucho a los que dicen que hacer arte es pura diversión. Sí, desde luego, a veces es entretenido, pero, desde mi punto de vista, *divertido* no es la palabra más adecuada para describirlo, porque mis proyectos normalmente suponen un proceso que puede durar desde meses hasta un año. No suelo empezar un proyecto sin que la idea principal haya estado flotando en mi cabeza unos cuantos años. Mi esperanza es que, si una idea despierta mi interés durante ese periodo de tiempo, también pueda despertarlo en alguien más durante al menos una pequeña fracción de ese tiempo. El resultado final es tan desconcertante como satisfactorio. Me gusta llevar mi trabajo al límite de la razón, por lo que, cuando estoy a punto de terminar un proyecto, me suele pasar lo siguiente: me digo a mí mismo "¡¿qué coño estás haciendo?! ¿Es una genialidad? ¿Es una mierda?". Éste es el estribillo constante en mi cabeza hacia el final de un proyecto. Ya hay un montón de cachivaches, de materia, en el mundo y hay que pagar una tarifa de arrogancia, estupidez y obstinación para seguir haciendo más.

Entonces, ¿has sufrido alguna vez durante el proceso de creación?
Encuentro que el proceso creativo está más lleno de sufrimiento que de cualquier otra cosa. Es como un maratón, un tipo de sufrimiento que te hace sentir bien al final... ¿Puede ser?

Lo que está claro es que cada una de tus obras es pura ingeniería, creación casi *frankensteiniana*. Me llama mucho la atención cómo le das alma a la robótica. He visto fotos de cómo trabajas en tu taller, con las manos negras, llenas de grasa...
Para mí crear consiste en el proceso de trasladar las

INVISIBLE SPHERE.

ideas de mi cabeza a objetos de tal modo que esa idea pueda trasladarse de nuevo de alguna manera a quien vea la obra. Este proceso es muy "Frankenstein". Utilizo un pedazo de hierro o de plástico para de algún modo hacer cosquillas en la mente o el alma a quien ve mis obras.

DESTRUIR, RECONSTRUIR, ANTES, DESPUÉS... AHORA
La sociedad ha estado muy controlada en las maneras de ver y pensar a través de los medios de comunicación; somos víctimas de un imperialismo de la percepción. Veo que en tus obras tratas de exponerlo e invitas a reflexionar.
¡Absolutamente! Lo que más me asombra es cómo aceptamos este hecho. ¿Los medios de comunicación proclaman su objetivo y de algún modo lo compramos? Es difícil tener un pensamiento creativo cuando detrás de cada esquina está al acecho alguna idea que nos dice cómo deberíamos ser y cómo deberíamos pensar. Nos encontramos persiguiendo cada cosa nueva como si nuestra vida estuviera en juego.

Has comentado que nos hemos acostumbrado a parar el vídeo, a congelar el segundo justo inmediato a la muerte o aquello que nos plazca. Éste es un tema recurrente en todo tu trabajo.
Siempre me ha fascinado la pequeña ventana a través de la cual experimentamos la vida. Mi trabajo trata en muchas ocasiones sobre mi deseo de luchar contra esa pequeña ventana y cómo, en última instancia, es una tarea imposible. Los medios de comunicación nos

presentan el tiempo y el espacio a su antojo, hacia atrás y hacia delante, realmente tienen muchísimo poder. Mi trabajo a menudo se centra en los instrumentos que hacen posible este viaje en el tiempo que nos presentan los medios de comunicación.

Destruir, reconstruir..., una y otra vez. Tus obras me llevan a reflexionar, me invitan a pensar en el antes, en el después, en el pasado, en el futuro..., y, como consecuencia, en el ahora.
Supongo que ésta es la pregunta fundamental, al menos una de ellas. ¿Cómo experimentar el momento cuando tenemos conocimiento tanto del futuro como del pasado? Es la fruta prohibida. Realmente no quiero entrar en la cuestión de cómo experimentar el ahora, tendría que formar un club especial para eso. Estoy más interesado en subrayar la pregunta y dejar que cada uno la resuelva por sí mismo.

De nuevo la inacción. Y es que tu arte me dice que estamos en pausa. Me provoca desasosiego y nece-

sito pensar, moverme... Como una de tus performances, *Swing Set*, ¡tu trabajo me sacude! ¿Tiene esto sentido para ti? ¿Es lo que pretendes?

¡Me gusta la inquietud de tu descripción! Es a lo que como artista soy realmente adicto. Es impresionante no saber si una imagen o una pieza de arte son buenas o no, porque eso significa que estás caminado fuera de un espacio mediatizado, lejos de lo conocido y sin saber a dónde ir porque el territorio no te es familiar. Es realmente increíble poder tomar distancia suficiente como para observar tu propio proceso mental. Tu proceso y sólo tu proceso.

NO PIERDAS LA FE

¿Cómo te imaginas el futuro si las cosas no cambian, si seguimos sentados viendo la tele, dejando que la tecnología nos muestre lo que tenemos que vivir?

Es difícil imaginarse un gran cambio de modelo.

Los medios de comunicación nos conectan cada vez más y más, pero a menudo lo hacen de forma superficial. Casi siempre lo veo todo muy negativo, pero aún conservo algo de fe. Si observamos una planta crecer, no podemos esperar que sus células individuales sepan que están haciendo algún tipo de árbol. Tal vez nos ocurra lo mismo. Seguramente nos estamos "cableando", uniendo los unos a los otros para ver más tarde lo que estamos haciendo en conjunto.

Siempre me ha gustado jugar a cambiar las cosas de contexto; los objetos cotidianos se convierten en cosas diferentes cuando se colocan en un escenario nuevo. Como la gente. Cuando he visto tus performances, mi juego se ha convertido en arte. Tus instrumentos transforman totalmente a las personas en objetos.

Siempre me ha parecido interesante que la gente encuentre tan negativo ser objetivado. Somos objetos. Creo realmente que lo que más daño

causa es olvidar este hecho. Nos complicamos tanto y nos involucramos tanto en jerarquías sociales que pensamos que somos intrínsecamente más valiosos que otros objetos. Creo que la gente tiene valor, pero todo lo demás también. Esta idea es la base de la mayor parte de mis primeros trabajos, concretamente de *Swing Set* y *Self-Examination Machine*.

¿Por qué crees que tratamos de esconder nuestra propia humanidad a toda costa?

Cuando dije eso me refería a nuestra humanidad física. Creemos en la idea que tenemos de nosotros mismos, pero es probable que no seamos exactamente como nos imaginamos. La ilusión de uno mismo nos permite funcionar, pero al mismo tiempo esconde cómo somos en realidad. Creo que a menudo el papel del artista consiste en trabajar con estas ilusiones. Por eso creo que el desnudo es una creación del arte occidental, aun cuando el desnudo sea ahora precisamente otro cliché.

Hay quien dice que el artista tiene la responsabilidad de ser la voz de sí mismo. La conexión con el resto del mundo vendrá si su expresión ha sido sincera. ¿Qué opinas? ¿Crees que un artista no debe hacer un trabajo para nadie, excepto para sí mismo?

Realmente creo que eso es cierto, pero para manifestar cosas en el mundo un artista a menudo debe trabajar con otros y en este tipo de colaboraciones es donde mi trabajo ha sido mejor. A menudo encuentro que el arte necesita límites para ser grande. Estos límites pueden venir de tantas formas..., presupuestos, espacio, colaboradores, etcétera. Estos límites son como la obligatoriedad de una ubicación concreta para la arquitectura y un gran artista puede usarlos en su beneficio. Pero al mismo tiempo el

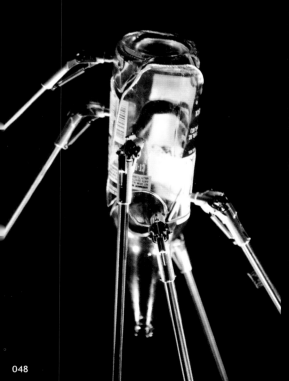

artista debe luchar por lo que cree y no ha de sucumbir a estos límites ni permitir que definan, que marquen su trabajo. Es un proceso difícil pero es completamente necesario para hacer arte.

¿Cómo crees que tus obras transforman a quien las ve? ¿Qué sensaciones quieren despertar en los espectadores? ¿Qué importancia le das a quien ve tu obra?

Es muy importante para mí lo que los espectadores se llevan de mi trabajo. Me interesa más crear preguntas que dar respuestas. Prefiero que alguien se lleve a casa un sentimiento incómodo a que se vaya exaltado. Si alguien se aleja de mi trabajo pensando "hace mierda" pero aun así sigue pensando en ello, siento que lo he hecho de la misma manera que si adora la obra.

¿Consideras que el mundo puede transformarse por medio de la creatividad de sus individuos?

Pienso que es el único modo de que el mundo realmente evolucione. Siempre es necesaria la gente que decide que hacer cosas nuevas y diferentes es importante. Así es como se desarrolla el pensamiento. La belleza es el camino para la evaluación de ideas muy complejas. Pienso que la percepción de la belleza es el camino de nuestra mente para dirigir la acción sin evaluar todos los datos en bruto. Si una escena o un objeto encajan con el modelo, la cosa funciona. El trabajo del artista es hacer nuevos modelos y luchar por ellos.

Dicen que una distopía es una utopía perversa donde la realidad transcurre en términos opuestos a los de una sociedad ideal. Cuando me paro y pienso, cuando miro y reflexiono, a veces creo que ya vivimos en una sociedad distópica, pero no lo sabemos. El mundo se está muriendo lenta y dolorosamente, como los

Muscle Cars de Jonathan Schipper. Pero hay esperanza, siempre hay alguien que denuncia, que sacude, que expone, que pregunta.

Yo, al menos, he tenido miedo. Sé a dónde no quiero ir.

Y he dado dos pasos hacia atrás para tener perspectiva y poder ver el árbol en su conjunto.

El arte es grande.

Belén S. Teira
+info: www.oppositionart.com

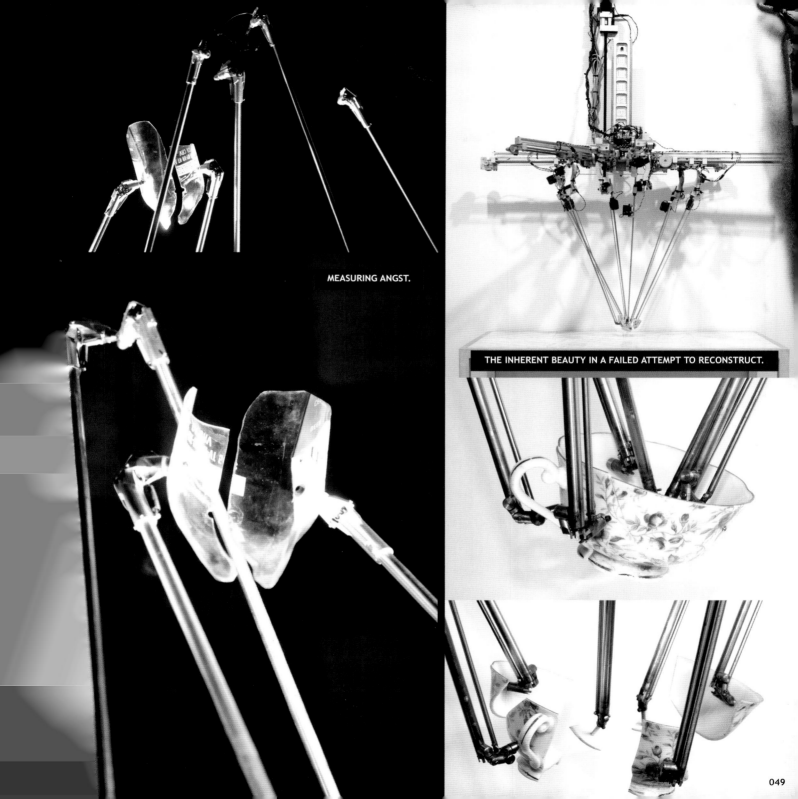

MEASURING ANGST.

THE INHERENT BEAUTY IN A FAILED ATTEMPT TO RECONSTRUCT.

THE FUNDAMENTAL QUESTION

[ENGLISH]

I've been frightened tonight. It wasn't an irrational fear – one of those that you're too ashamed to admit to the following morning. It was real fear – the kind that penetrates right into your soul. A kind of anxiety that can't be calmed with an embrace or refuge. I was afraid to live day after day. To look without seeing. To not know what to ask. To wait for answers. To the be inactive. To be dead already.

I took my insomnia by the hand and we got up. Sitting down in front of the computer, we went over the interview. There's a moon in the sky and televisions on in seven or eight of the windows in the houses in front of mine. Hertzian insomnia. My neighbours provide me with my own dystopia. In a moment of convulsion in my life, I met Jonathan Schipper. His works have given a name to my fears and his words have been revealing.

"IS IT GENIUS, IS IT SHIT?"
I'm always curious about the creative process. Maybe for you it's a question of enjoying the process rather than the result, or the fact that any process is good as long as the result is satisfying. Is that right? I don't know; tell me a little bit about it.
The process for me is really an obsession or addiction. I often cringe when I hear making art is fun. It's enjoyable at times but fun is certainly not the right word because my projects usually take a few months to a year to create. I usually don't start them until the core idea of the sculpture has been floating in my head for a few years. My hope is that

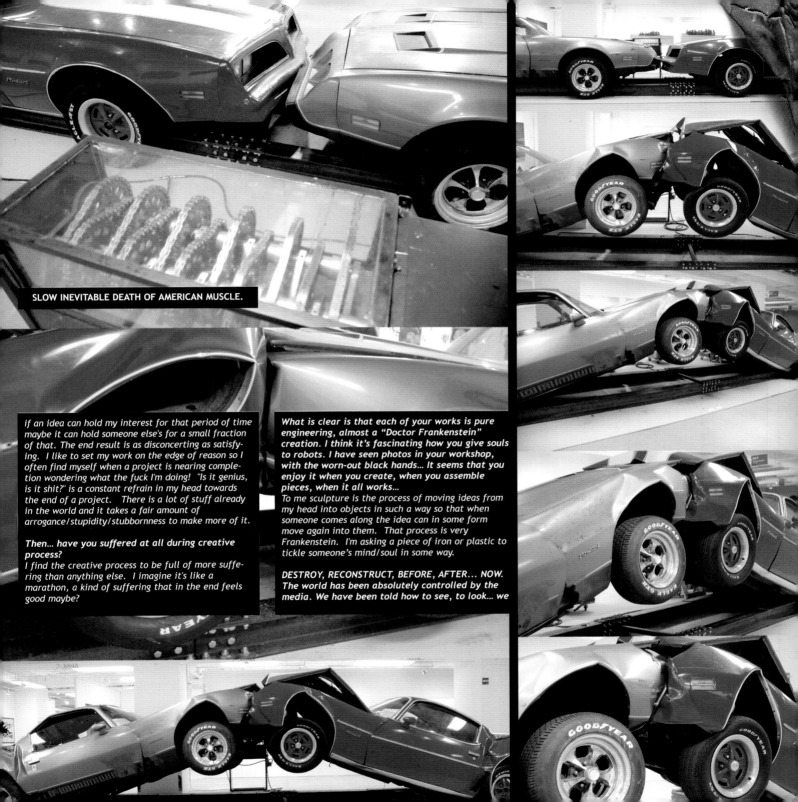

SLOW INEVITABLE DEATH OF AMERICAN MUSCLE.

if an idea can hold my interest for that period of time maybe it can hold someone else's for a small fraction of that. The end result is as disconcerting as satisfying. I like to set my work on the edge of reason so I often find myself when a project is nearing completion wondering what the fuck I'm doing! "Is it genius, is it shit?" is a constant refrain in my head towards the end of a project. There is a lot of stuff already in the world and it takes a fair amount of arrogance/stupidity/stubbornness to make more of it.

Then... have you suffered at all during creative process?
I find the creative process to be full of more suffering than anything else. I imagine it's like a marathon, a kind of suffering that in the end feels good maybe?

What is clear is that each of your works is pure engineering, almost a "Doctor Frankenstein" creation. I think it's fascinating how you give souls to robots. I have seen photos in your workshop, with the worn-out black hands... It seems that you enjoy it when you create, when you assemble pieces, when it all works...
To me sculpture is the process of moving ideas from my head into objects in such a way so that when someone comes along the idea can in some form move again into them. That process is very Frankenstein. I'm asking a piece of iron or plastic to tickle someone's mind/soul in some way.

DESTROY, RECONSTRUCT, BEFORE, AFTER... NOW.
The world has been absolutely controlled by the media. We have been told how to see, to look... we

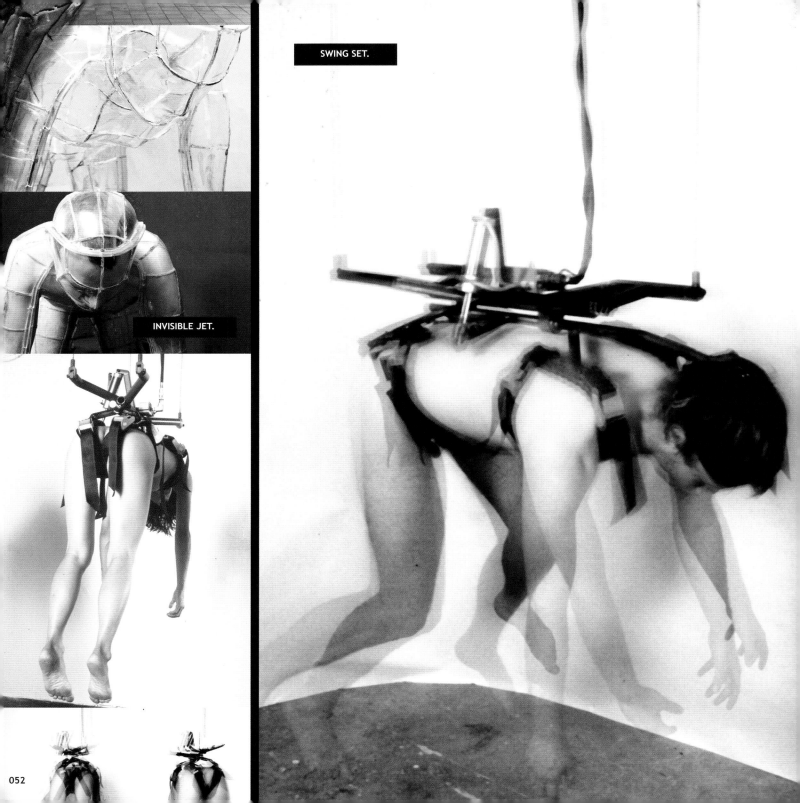

SWING SET.

INVISIBLE JET.

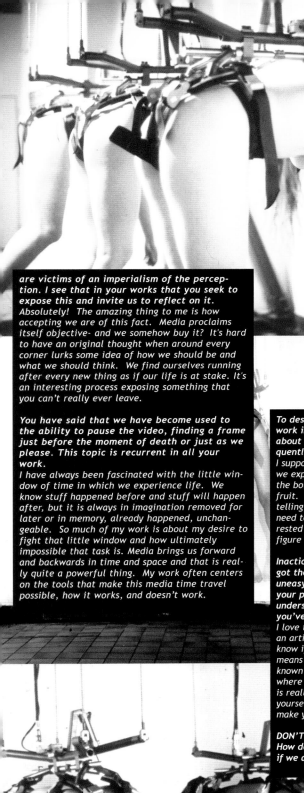

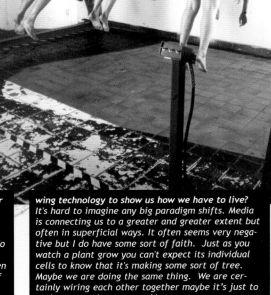

are victims of an imperialism of the perception. I see that in your works that you seek to expose this and invite us to reflect on it.
Absolutely! The amazing thing to me is how accepting we are of this fact. Media proclaims itself objective- and we somehow buy it? It's hard to have an original thought when around every corner lurks some idea of how we should be and what we should think. We find ourselves running after every new thing as if our life is at stake. It's an interesting process exposing something that you can't really ever leave.

You have said that we have become used to the ability to pause the video, finding a frame just before the moment of death or just as we please. This topic is recurrent in all your work.
I have always been fascinated with the little window of time in which we experience life. We know stuff happened before and stuff will happen after, but it is always in imagination removed for later or in memory, already happened, unchangeable. So much of my work is about my desire to fight that little window and how ultimately impossible that task is. Media brings us forward and backwards in time and space and that is really quite a powerful thing. My work often centers on the tools that make this media time travel possible, how it works, and doesn't work.

To destroy, to reconstruct... again and again. Your work invites reflection; about "before", "later", about the past, about the future... and, consequently, NOW.
I suppose this is one the ultimate questions. How do we experience the moment with the knowledge of the both the future and the past? It is the forbidden fruit. I really don't want to get into the business of telling people how to experience the now I might need to form a special club for that. I'm more interested in underlining the question and letting people figure it out for themselves.

Inaction again. Your art is telling me that we've got the "pause" button on. I see it and I feel uneasy. I need to think, to move... Just like with your performances, your work shakes me! Do you understand what I mean? Is this something that you've become accustomed to expect?
I love the uneasiness you're describing! It is what as an artist I'm really addicted to. It's awesome to not know if an image or a piece of art is good or not. It means you are stepping out of the mediated and known and thinking for your self and not knowing where to go because the territory is not familiar. It is really quite amazing to step back far enough from yourself to watch some of the mental process that make you, you.

DON'T LOSE HEART
How do you see the future if things do not change - if we are still sitting there looking at the TV, allo-

wing technology to show us how we have to live?
It's hard to imagine any big paradigm shifts. Media is connecting us to a greater and greater extent but often in superficial ways. It often seems very negative but I do have some sort of faith. Just as you watch a plant grow you can't expect its individual cells to know that it's making some sort of tree. Maybe we are doing the same thing. We are certainly wiring each other together maybe it's just to early to see what we a making.

I have always liked "to play" at changing things: daily objects become something different when they are placed in a different context. Just like people... When I found out about your performances, my "fun" became art. Your contraptions completely objectify the human figure.
I have always found it interesting that people find it so negative to be objectified. We are objects. I think more harm is caused when we forget this fact. We get so involved in social hierarchy and ideas that we believe we are somehow inherently more valuable than other objects. I believe humans have value but so does everything else. This idea was the basis for a lot of my early work specifically Swing Set and Self-Examination Machine.

Why do we try to hide our_ humanity at all costs?
When I said this I think I meant our physical humanity. We believe in our ideas of ourselves, we certainly are not exactly how we imagine ourselves. The illusion of self allows us to function but at the same

TO DUST.

time hides what we are. I think it's often the role of the artist to work with these illusions. I think this is why the nude is such a foundation of Western art, even though the nude is now just another cliché.

Some people say that the artist has a responsibility to be himself - to speak with his own voice. The connection with the rest of the world will come if his expression has been sincere. What do you think of this? Do you believe that an artist must not do work for anybody else except himself?
I do believe this is true, but to manifest things in the world an artist must often work with others and that is a process I have often found to better my work. I often find that art needs limits to be great. Those limits can come in so many forms... budgets, space, collaborators, etc. These limits are like a location for architecture and a great artist can use these limits to their advantage. At the same time the artist must fight for what they believe in and not give in to the limits and let them define the work. It's a difficult process but one I think is completely necessary to make art.

Do you think the way people perceive your work changes depending on the person who is looking at it? What sensations do you want to awaken in spectators? What importance do you give to the people who look at your work?
It's very important to me what spectators take from my work. I'm more interested in creating questions than giving answers. I would much rather someone takes home an uneasy feeling than some sort of exaltation. If someone walks away from my work

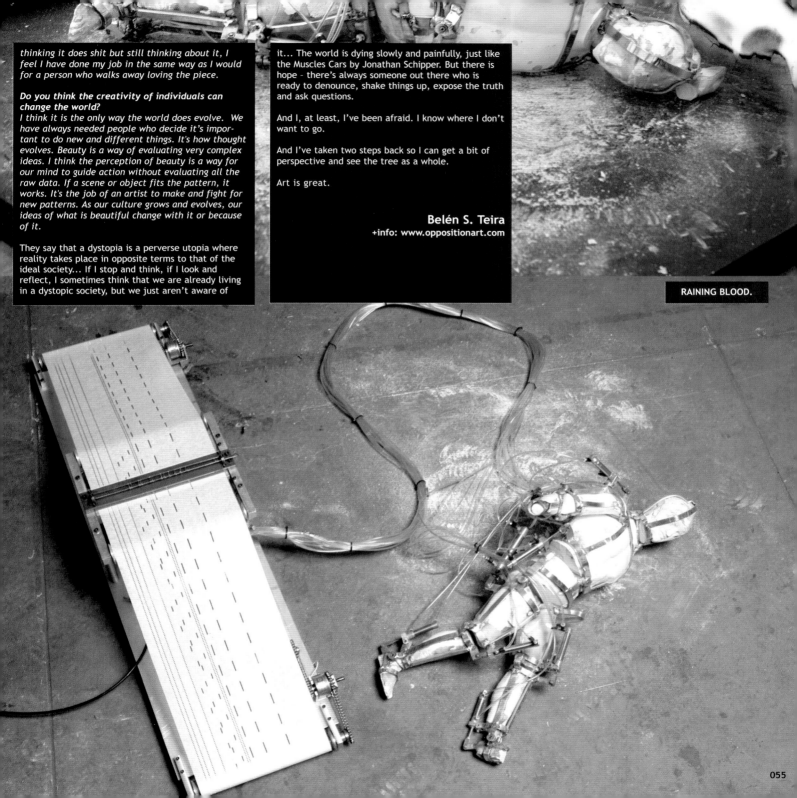

thinking it does shit but still thinking about it, I feel I have done my job in the same way as I would for a person who walks away loving the piece.

Do you think the creativity of individuals can change the world?
I think it is the only way the world does evolve. We have always needed people who decide it's important to do new and different things. It's how thought evolves. Beauty is a way of evaluating very complex ideas. I think the perception of beauty is a way for our mind to guide action without evaluating all the raw data. If a scene or object fits the pattern, it works. It's the job of an artist to make and fight for new patterns. As our culture grows and evolves, our ideas of what is beautiful change with it or because of it.

They say that a dystopia is a perverse utopia where reality takes place in opposite terms to that of the ideal society... If I stop and think, if I look and reflect, I sometimes think that we are already living in a dystopic society, but we just aren't aware of

it... The world is dying slowly and painfully, just like the Muscles Cars by Jonathan Schipper. But there is hope – there's always someone out there who is ready to denounce, shake things up, expose the truth and ask questions.

And I, at least, I've been afraid. I know where I don't want to go.

And I've taken two steps back so I can get a bit of perspective and see the tree as a whole.

Art is great.

Belén S. Teira
+info: www.oppositionart.com

RAINING BLOOD.

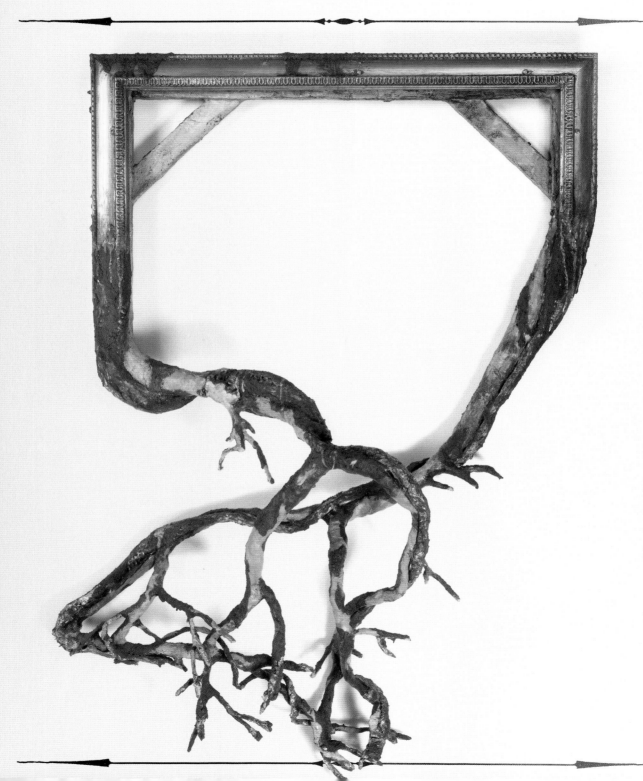

VALERIE HEGARTY

Y EL CIELO SE NUBLÓ

"Que el brío de la naturaleza despierte a mis vecinos." Estas palabras de Henry David Thoreau salen reptando de la garganta de Valerie Hegarty. Enajenados por el tiempo, un tiempo flexible que se amolda a nuestra anatomía, que transcurre sin descanso hasta una jubilación improbable, nos vimos condenados a la orfandad, a la soledad de nuestra isla. Ya no hay familias, ya no hay pueblos, ya no hay Dios. Tan sólo nos queda el recuerdo de lo que un día fuimos y el latir constante de la naturaleza, nada más.

Valerie Hegarty, formada en el prestigioso Art Institute de Chicago, construye un escenario desolador, formado por grietas, cenizas y hollín, en el que no hay lugar para la indiferencia. Asumes tu papel rápidamente, tu ego mengua, se reduce hasta la extinción. Ahora es la destrucción la que toma la palabra; inevitablemente te pierdes en la inquietud, pero en el fondo de ese agujero que se ha abierto en tu interior puedes sentir el murmullo de un río que fluye, que no se detiene, que te lleva a los dominios del silencio, donde quizás te reconcilies con la incertidumbre de la vida.

De pie frente a un montón de escombros siento una mezcla de compasión y alegría por los que un día hablarán por mí. Confieso que nunca estuve tan cerca del fin del mundo; ahora lo estoy, clavado ante una verdad insultante que en vez de alejarnos nos acerca cada día más a nuestra meta. Mis pulmones son negros, humean desde el último reducto sano de mi cuerpo, pero sin saber aún por qué reboso esperanza. Como diría Gonzalo Millán, "soy espectador de los sueños de ayer y de las pesadillas de mañana". Un viento espeso, tangible, dispersa árboles calcinados entre un hormigón a prueba de incendios. Alguien me agarra del brazo y dice: "Amigo, todo indica que estamos al principio de una nueva era". Este acercamiento es fruto de una liberación. Pensándolo bien no es el fin del mundo lo que ven mis ojos, es el triunfo de la naturaleza, la exaltación de la Tierra que nos habla enfurecida.

La primera impresión te echa hacia atrás. La segunda te recorre la espina dorsal y acaba percutiendo en tu mandíbula. La tercera no existe, simplemente ha sido extirpada de tu conciencia, dejando su sitio a una espesa capa tóxica que lo invade todo. Sientes la violencia suspendida en el aire, una violencia vinculada a la propia experiencia de la vida, que asoma a través de las ramas que brotan del marco. Estoy, estás, como ya dije, de pie frente a *Unearthed* (2008), uno de los trabajos más concluyentes de Valerie Hegarty. Se trata de un marco carcomido del que nacen unas ramas, ramas que llevan tatuado el sufrimiento en los pliegues de su piel, víctimas quizás del último incendio que asoló la Tierra. Sin embar-

go, no son ruinas lo que ves, no es el fin de nada; miento, quizás sí sea el fin de algo, tal vez sea el fin de una concepción errónea, aquella que decía que el ser humano siempre dominaría la naturaleza. Tras ella, tras esta idea autodestructiva se esconde un comienzo, una posibilidad, y eso lo percibes en esas ramas que se abrazan unas a otras colgadas en el vacío. El suelo está al rojo vivo, puedes sentir el calor en tus pies, cómo repta desde los tobillos a las ingles sacudiendo tu sistema nervioso. Sin embargo, y no sabría decirte por qué, te sientes liberado, es como si la destrucción generara de inmediato una nueva oportunidad, en palabras de la propia Valerie Hegarty: "una semilla que podría convertirse en otro objeto, en otro cuadro". La pintura entonces no ha sido destruida, ha sufrido una conversión, una transformación instintiva que emana de las manos de la artista. Es ella quien pretende mostrarnos el fervor de la naturaleza, la que recrea esa voluntad inquebrantable. Al contrario de lo que sucedía en épocas románticas, su intención no es imitar un paisaje, su fin es el paisaje en sí mismo. "Estoy simulando un proceso en el que la naturaleza es la protagonista." Los árboles se yerguen decididos abriendo un boquete en la pared del museo, astillas y cenizas asaltan la pulcritud del espacio, tambores de guerra zumban en nuestras cabezas. A lo lejos, entre lo que un día fue una urbanización vacacional, se intuye el olor a tierra mojada. Las cañerías estallan por los aires y una nube de excrementos se cierne sobre el paraíso. Parece que el progreso se ha dado un descanso, estamos frente a un paisaje inacabado lleno de venas, arterias y conductos primitivos.

La dominación de la naturaleza por el hombre es una consecuencia de la modernidad capitalista, pero en el imaginario colectivo y en el artístico persiste como una tensión la utopía de la armonización entre hombre y naturaleza. En los trabajos de Hegarty esta tensión se escenifica de forma violenta. Es como si la naturaleza rompiera ese equilibrio actuando despóticamente contra el primero, destruyendo su iconografía y obligándolo a comenzar de nuevo. Se trata, en realidad, de una violencia con un matiz catártico, que nos libera de responsabilidades y nos aleja del camino. Allí, en medio de la nada, apartados de autopistas de cinco carriles y de todos los FMI, OMS y UE, llegamos al punto de no retorno. No hay vuelta atrás después del desastre, por eso nos descubrimos melancólicos ante las piezas, convencidos de la imposibilidad de volver a ser lo que un día fuimos. Esta nostalgia nos aturde y por momentos dejamos de ver la verdad que esconde; somos el pasado y las piezas son el futuro, nuestro futuro. Hegarty llama a este proceso *arqueología inversa*. Sus trabajos nos muestran el futuro, un futuro que huele inexplicablemente a presente.

Pag. left/izq.: Unearthed, 2008

Pag. right/dcha.: George Washington with Branches, 2008

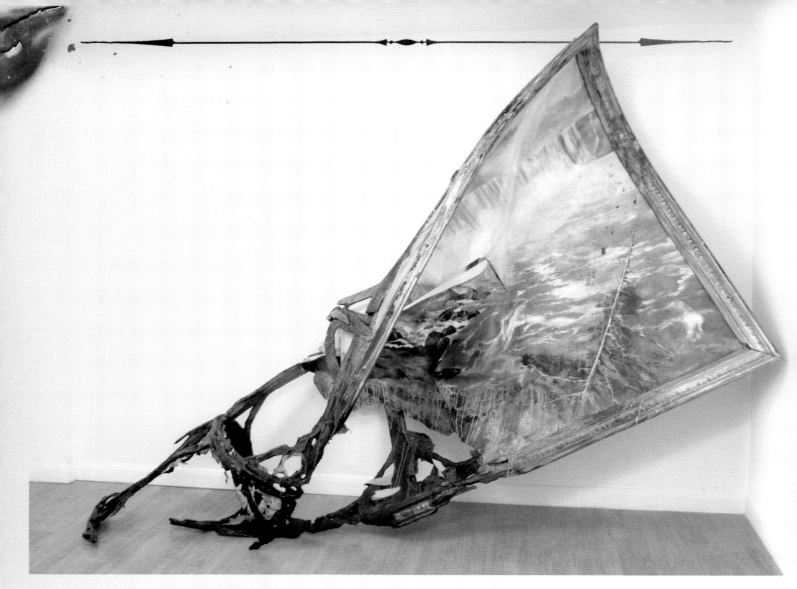

La América de Hegarty está marcada por el desarraigo y la lucha que éste genera, vivida por un sujeto que asiste a la contemplación permanente de la desolación. El desarraigo en buena medida es causa de este escenario en que los individuos han perdido su conexión con los elementos de la naturaleza. No hay señales humanas por ninguna parte y cuando las hay aparecen mutiladas o desgarradas, desprovistas de su significado original. Por otro lado, la naturaleza se manifiesta omnipotente (la grieta que parte por la mitad el *Cracked Canyon*, las ramas que brotan del marco en *Unearthed*, la pila de piezas carcomidas en *Fallen Bierstadt*) restableciendo así otro tipo de relación con la persona que la habita. En medio de esta lucha desigual nos sorprendemos fascinados por la

destrucción, que por un lado nos incomoda y por otro nos da placer, siendo al mismo tiempo cómplices, víctimas y verdugos. Lo vemos, lo estamos viendo, la energía destructiva provoca un renacer, una nueva posibilidad. Como dice Hegarty, existe un potencial ilimitado en la naturaleza, en sus manipulaciones, en su devenir constante. Lo hallamos sobre todo en sus colapsos, donde encontramos las semillas del cambio, de la transformación. Es ahí, en ese camino sin orillas, donde se construye esa atracción entre objeto y sujeto, entre ellos y nosotros.

En sus primeras exposiciones (Landscaping, 2005; Seascape, 2006) Hegarty escogía obras de paisajistas

norteamericanos del siglo XIX como Albert Bierstadt, Frederick Church o Thomas Moran y las destruía. Les prendía fuego, las destripaba, las golpeaba; dejaba, en definitiva, que la naturaleza actuase con toda su rotundidad. Así, decía, "les daba la oportunidad de ser". Extirpando el significado con el que habían sido creadas se convertían en paisaje en sí mismas, es decir, pasaban a ser entes con vida propia. Sus obras nacen directamente de la naturaleza, nacen y mueren en ella. O lo que es lo mismo, las piezas se moldeaban eternamente con el percutir de la lluvia, el viento y la voluntad. Por lo tanto era la mismísima selva la que invadía el espacio y éramos nosotros los que sentíamos esa invasión en nuestro mundo irreal. No se trata de simple destrucción, se trata de saber a dónde nos lleva ésta, hacia dónde se dirige. "Estoy tratando de averiguar a dónde me lleva esta transformación."

En esta aparente destrucción instintiva se halla implícita la crítica a la reducción de la naturaleza salvaje a una pantomima o simulacro que caracterizó a la épica romántica. Lo vemos claramente en *George Washington Shipwrecked*. Esta pieza, quizás más que ninguna otra, te sitúa en un espacio tiempo postapocalíptico, incluso los iconos más sagrados de la patria han sido dañados. Te sientes de repente pequeño, despedazado. Tu fragilidad, hasta entonces camuflada bajo una montaña de maquillaje, se torna evidente. Sientes el impulso de marcharte pero te quedas, una fuerza te tira hacia abajo, una tracción magnética te mantiene en el asiento. Absorto, tiendes a la desolación. Adherido a ella descubres que el vacío ha dado lugar a la excitación, al morbo, y eso te reconforta, y lo que antes era un páramo desolado ahora es una selva virgen dispuesta a ser devorada. La destrucción de lo sagrado ha avivado tu curiosidad, tus pies se han despegado del suelo y has sido arrancado del asiento para acabar hundido en las tinieblas. El sacrilegio de arremeter contra la belleza te ha acercado a la belleza en sí misma, el lastre de la búsqueda se ha evaporado, el asombro de volar, de surcar el aire con tus propios brazos, aunque sea atravesando una neblina espesa, te ha brindado una nueva perspectiva. Las campanadas que anunciaban los sermones han dejado de sonar y te has quedado solo, sin Dios, amo ni rey. Porque ¿acaso hay algo más hermoso que destruir un mito?

Las piezas se vuelven cada vez más violentas para conseguir una emoción más cruda y penetrante. Poco a poco Hegarty va mutilando las figuras hasta que es tal la descomposición que sus imágenes se tornan salvajes, libres de cualquier obligación. La destrucción no cesa, es imperturbable a la voluntad del espectador; tal vez por eso nos sintamos extasiados ante sus coletazos, mareados incluso, incapaces de asumir tanta energía. Nos conformamos con retener una imagen, una imagen que guardamos unos instantes en la retina, que quizás dejó un destello fugaz tras su presencia y que vuelve a reinventarse en cada fragmento de segundo; de ahí esa liberación momentánea que nos inhibe de la responsabilidad de domarla.

Las piezas de Hegarty viven, no necesitan de nuestra torpeza para abrir un boquete en la pared, al menos así lo percibimos. Ese potencial destructivo que existe sin nuestra intervención está ligado paradójicamente a las tendencias destructivas del hombre. Es nuestra voluntad autodestructiva la que nos habla, la que dirige nuestra mirada a los escombros todavía humeantes de los cuadros (*Rothko Sunset*, 2007), la que estira nuestros ligamentos y los enrosca en el hocico jadeante de los cuervos (*Still lives with crows*, 2006), la que nos empuja al pillaje y la destrucción, al vertiginoso salvajismo que se esconde bajo nuestro manto civilizado. Es Hiroshima la que surge tras los lienzos calcinados, son las cenizas de los hornos crematorios las que se amontonan en el parqué, es la vulnerabilidad de los haitianos la que gotea del *Niagara Falls* (2007), es el rotundo fracaso el que escupe sobre nuestra agrandada soberbia, somos nosotros, es nuestro futuro.

La obra más reciente de Hegarty, bautizada como *Cosmic Collisions*, ensancha el diálogo entre las pinturas de maestros americanos, como Rothko, Pollock o LeWitt, incorporando conceptos de la física cuántica, la alquimia, el origami japonés, el expresionismo abstracto e imágenes captadas por el telescopio Hubble. Al igual que en sus trabajos anteriores, la artista reconfigura los paradigmas de la pintura americana a través de intervenciones que parecen ser el resultado de eventos naturales. Con *Starry Rothko*, una de sus piezas expuestas, pretende captar el momento cumbre de la excitación del

Pag. left/izq.: *Niagara Falls, 2007*

Pag. right/dcha.: *Rothko Burn (orange), 2010*

cosmos, ese instante que sigue al impacto, cuando dos cuerpos cruzan sus trayectorias y colisionan. Como en *Space Cubes*, obra herencia de los cubos de LeWitt, la incertidumbre y los elementos del azar juegan un papel fundamental en la proyección de la obra, así como la intuición (cada uno de ellos principios básicos de la mecánica cuántica). De nuevo la incertidumbre es inherente a la naturaleza de la pieza, como lo fue en sus trabajos anteriores, provocando en el espectador una mezcla de inseguridad y liberación. También la destrucción es protagonista, esta vez de dimensiones espaciales, aumentando, si cabe, las consecuencias del cataclismo y colocándonos en la casilla de salida de un futuro agonizante.

Hay algo infame en la satisfacción que nos produce la contemplación de los trabajos de Valerie Hegarty. El sádico que habita en cada uno de nosotros deambula satisfecho entre los escombros hirientes de las piezas, se descubre, un tanto incómodo, buscando la salida de emergencia, localizando los extintores y calibrando la posibilidad de inmolarse junto con sus iguales. Pero el sádico también tiene miedo, sabe que su futuro es un billete de metro agotado y sólo por eso respira hondo antes de tomar asiento en un banco que pronto no será más que ceniza.

Aún no entiendo por qué nos creemos invulnerables, seguramente es algo nuevo, fruto de la colonización y dominio del mundo. No obstante, lo perturbador no es eso, lo verdaderamente inquietante es pensar que lo ficticio, lo que hoy es ficticio, mañana puede ser real, la granada que nunca explota puede estallar en cualquier momento. Envuelto por esa bruma apocalíptica sientes algo que nunca antes habías sentido, tus pies ya no pueden correr, se niegan a ir hacia delante, paralizados, ya no quieren servir al cuerpo al que pertenecen. Exhausto, ansías el fin del mundo...

Manu Valentin.

+info: www.nicellebeauchene.com/valeriehegarty.html
imágenes cortesía de Nicelle Beauchene Gallery

Pag. left/izq.: Cracked Canyon, 2007

Pag. right/dcha.: George Washington Shipwrecked, 2007

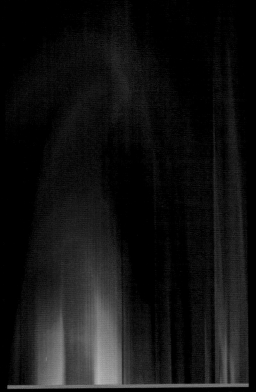

use enormous 'sets' for free. I look at it like this, all I have to do is drive around and look for locations, and I get to go set up a photo shoot at these amazing locations for free with nobody to hassle me, and then I just leave when I'm done and nobody knows or cares, it's beautiful!

With your light-tools, you bring light to abandoned places just for an instant, giving a technological atmosphere to these places, like shooting a digital ghost. Does the combination of these abandoned spots with lights and technology have any meaning for you?
I watch a lot of Sci-fi movies for the ideas. None of the movies are very good but some of the ideas hidden in them are worth looking at. A lot of my work is symmetrical and so are many 'space ship scenes' in movies. A Space Odyssey 2001 specifically has impacted me a lot. I don't even find the movie exciting for more than 20 min at a time, but something about how slow it is, and so is taking the time to get to all my locations.
I also find the apocalypse idea interesting, and that is how a lot of my work looks. Some forgotten land where there is radiation and danger around every corner. Sometimes I am lone survivor roaming a wasteland, or hacking into a wormhole to travel through time and space.

This mixture between abandoned spots and lights inspires us to dystopian feelings. Do you think somehow your work can be considered dystopic? Could Dystopia somehow be an influence on your work?
Yes, it could be called dystopic. People seem to put light on all of the pretty things in my area. Maybe if all of the city's lights went out at night I might start shooting at totally different areas, but to make great photographs, I must travel to places where there is no light.

What kind of light tools do you use? Which tools are your favorites? Do you create your own tools? How?
I started out buying kid's lights from all the stores in my area. They are unpredictable and mostly not very good. Now I use a lot of battery operated light strands, cold cathodes, lasers, and fireworks. My favorites change but making a good orb remains my favorite thing to do. I do it by getting a holiday light strand, a 20 or 30 light strand, battery operated. I have a video online explaining how to do it. If you search for "orb making tutorial", you will find it, as well as much more information on how to make light tools.

I'm sure that after many explorations in abandoned places you have quite a few stories to tell. Any funny stories you'd like to share? Have you ever been trapped, lost or in a dangerous situation?
I have been trapped in a building with a homeless person blocking the exit before, good thing I knew of another way out! I have also seen some other people enter a tunnel while I was in it, that was strange. I have seen people on drugs, silly teenagers, graffiti writers, dog walkers, skiers, kayakers, train hoppers, and just about anyone imaginable.
I look so strange with all of my gear in my backpack that I'm sure I scare away more people than I attract when out and about. My favorite thing will always remain finding a cool new location, and having fun doing it. I can still get that feeling I got when I first started light painting. The excitement, thrill, energy, and spontaneity are what I live for.

Javier IA.
+ info: www.twincitiesbrightest.com
www.flickr.com/photos/twincitiesbrightest

MAGAZINE PRESENTA: POSTALES DE UN ¡PLANETA ENFERMO!

La portada del álbum *El otro mundo*, uno de los últimos trabajos de Miguel Brieva (Sevilla, 1974), se antoja oportuna e ideal. Una televisión es el motivo central. Su pantalla se ha roto en mil pedazos, pero el aparato sigue funcionando, mostrando una imagen a través de la cual ha entrado el supuesto espectador, a la postre el propio lector. Un hombre ha cruzado el umbral de la ventana electrónica para sumergirse en otro mundo, un rosario de imágenes fiel reflejo del lado más absurdo de nuestra condición. Las viñetas de Brieva son como un *zapping* multicolor que nos muestra una caricatura de nuestro propio planeta, un planeta enfermo, en forma de estampas de un futuro averiado que en realidad es presente; un presente con estética antigua, con ramalazos kitsch, *steampunk* y humor vitriólico que invita a devanarse los sesos.

Antes de saltar a las páginas de periódicos de amplia tirada y colaborar en las páginas de revistas tan variadas como *El Jueves*, *Cinemanía*, *Ajoblanco* o *Mondo Brutto*, Brieva se autoeditó cinco entregas de *Dinero*, recopiladas posteriormente en un volumen por

Mondadori, la misma casa que firma la publicación de *El otro mundo*, una selección de imágenes críticas que hacen pensar al lector mientras pasa un buen rato. Más de un periodista especializado ha definido el singular estilo de este personal dibujante como "un cruce entre El Roto y Robert Crumb", etiqueta que nuestro interlocutor acepta encantado. "Es lo que hay 'señala'. Si yo mismo tuviera que confesar dos de mis grandes influencias, serían sin duda ellos dos, que son muy distintos y a la vez perfectamente complementarios. Ambos son agudos y, a su manera, profundamente filosóficos. Crumb es sin duda más divertido y ameno, más variado en cuanto a temas y enfoques, pero El Roto tiene el don de la síntesis gráfica, además de un dibujo muy depurado, y es sin duda uno de los pocos pensadores de este país." Cuando se le pregunta si se considera un autor de cómic o un humorista gráfico contesta rápido: "Me considero dibujante a secas, que es lo menos comprometido. Al humor gráfico he llegado un poco por accidente, y para dibujante de cómics aún me faltan por rellenar unas cuantas páginas y viñetas".

Brieva es capaz de buscar las cosquillas a cualquier tema de actualidad sin caer en lo obvio. Surrealista y desvergonzado, le gusta cuestionarse todo aquello que le rodea. "Bueno, imagino que más o menos igual que a cualquier otra persona", subraya modesto. "No

creo que nadie asuma alegremente vivir bajo el engaño. Otra cosa es que la fragmentación y confusión generada por los medios del espectáculo inmovilicen o criogenicen el potencial crítico que todos llevamos dentro, como pasa actualmente. Ahí sí que es necesario un cierto esfuerzo personal por desperezarse y ver qué es lo que pasa y qué puede hacerse al respecto." Nos montamos en su peculiar nave espacial para entender cómo funciona el cuadro de mandos y descubrir algún secreto sobre su carga, física y mental.

¿Se pueden definir tus viñetas como escenas de una distopía?
Las veo más bien como escenas algo amplificadas de la utopía que vivimos actualmente, la del capitalismo: crecimiento infinito en un mundo finito.

Pero sí parece que imaginas un futuro que, en el fondo, es una caricatura de nuestros días.
Imagino más bien un presente que, proyectándose en una parodia aparentemente futura, muestre con mayor claridad cómo es exactamente el mundo en que vivimos ahora. Probablemente mis viñetas en un futuro no muy remoto no sean más que costumbrismo neorrealista.

¿Te han llamado alguna vez *visionario*?
No sé, pero tampoco creo que para ver ciertas cosas sea precisa una óptica muy

especial, basta con mirar alrededor con un mínimo distanciamiento, tratando de hacerlo desde la sensatez más llana y como de andar por casa. En el fondo, la gente percibe mucho mejor las cosas de lo que parece, pero los canales de comunicación entre nosotros están tan condicionados por los embudos mediáticos que parece que todo es una locura y nadie se da cuenta. La gente sabe que los empresarios y los políticos son la peor gentuza, que nadie debería acumular tanto dinero y poder, que los tomates deberían saber a tomates y que el clima se está desquiciando por continuar con un modelo de vida irracional. Eso se sabe en las calles, y la gente estaría dispuesta a respaldar medidas que fueran en esa dirección, pero los medios se cuidan mucho de dar cabida a estas opciones,

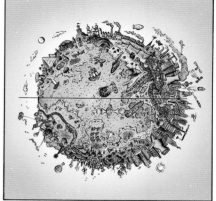

aunque seguramente serían las más profundamente populares, e insisten una y otra vez en que lo que hay es lo que hay, y punto.

Brieva dibuja con lápiz, pincel y tinta sobre un bloc escolar. Después escanea las ilustraciones y las colorea con el ordenador. No se imaginaba en absoluto que iba a acabar trabajando en revistas como *El Jueves*. "Ni siquiera imaginaba ser humorista gráfico 'afirma rotundo'. Ha sido algo que ha ido llegando un poco por casualidad." Es indudable que se ha labrado una excelente trayectoria en la historieta autóctona. ¿Qué queda de la época de la autoedición? "El mismo concepto de hacer realidad lo que uno quiere, de no esperar a tener que pasar ciertos filtros 'responde'. En la actualidad publico con editoriales propiamente dichas, pero sigo con la intención de autoeditar más, y si no lo hago es por falta de tiempo,

Y AHORA... MÁTESE

¡NUEVO!

XH·5

PRODUCTOS DE PRIMERA NECESIDAD

¡EY! ¿NOS MATAMOS...? ¡LO ANUNCIAN POR TELEVISIÓN!

¡VEENGAAAAA!

Y ADELGACE MÁS DE 75 KILOS ¡EN 3 SEGUNDOS!

Y EN SU PROPIA CASA

MÁTESE ¡AHORA! Y PAGUE EN 12 MESES

visual, y lo mismo ocurre con sus adelantados trabajos de animación. Franquin es uno de los dibujantes de trazo más fluido. Para mí, de niño, sus álbumes, al lado de la producción patria de Bruguera, venían como de otra galaxia. Sus personajes, de hecho, sirvieron de modelo para innumerables copias, como el botones Sacarino, mezcla bizarra de Spirou y Gaston el Gafe, y su línea elegante de dibujo ha sido imitada por muchos en toda Europa. Y sus *Historias Negras* son tremendas. Carlos Giménez fue uno de mis grandes acicates para querer dedicarme a esto. Su talento narrativo y la humanidad de sus historias demuestran la potencia emocional del género. En cuanto a Moebius, pocos dibujantes están a su altura. Tiene todo el empaque de los grandes, como Alex Raymond o Harold Foster, con su clásico *Blueberry*, pero a esto se le añade el *venazo* lisérgico y underground de los sesenta, con lo que la combinación es casi única.

Si tuviese que destacar a algún autor actual que se defienda bien en nuestras fronteras se siente afín "a Paco Alcázar y Miguel Núñez, por amistad y similitudes en nuestro trabajo. Me gusta mucho también lo que hacen Max, Calpurnio y Eneko". ¿Y foráneos? "Joann Sfar, Beto Hernández, Clowes, Bourgeon, Hugo Pratt, Lauzier, Liniers, Kioskerman, Langer, Chris Ware, Seth, Winshluss..."

En cuanto al contenido, en tu trabajo se notan referencias a todo tipo de disciplinas.
Posiblemente. Eso de separar disciplinas y especializarse exclusivamente en una de ellas es algo práctico, pero también puede ser un poco limitante y aburrido. Toda forma de expresión remite en definitiva a un mismo núcleo, al tuétano del sentimiento humano.

porque hay varios proyectos ahí esperando desde hace años." Una editorial acostumbrada a publicar libros ha apostado por su trabajo, algo relativamente nuevo en el mercado. Ahora, más que nunca, los tebeos también se venden en librerías no especializadas. "Pero no nos engañemos, esto ha sucedido porque en estos últimos años los cómics se han revitalizado como mercado, que si no aún seguirían siendo artículos raros arrumbados en las estanterías de esas 'librerías jugueterías para niños grandes' en que se han ido convirtiendo las tiendas de cómics. Se está normalizando un poco su distribución y puntos de venta, así

como el trato editorial que reciben sus autores. Esto también ha servido, en todo caso, para que las editoriales de cómic tradicionales salgan de cierto gueto en su funcionamiento y cuiden más la calidad de las ediciones."

¿Recuerdas cuándo y cómo te entró el gusanillo de dibujar viñetas?
Desde que guardo recuerdo he flipado con los cómics, ya fueran *Los pitufos*, *Superlópez* o los antiguos *TBO* que tenía mi abuela. Quizá el estímulo definitivo fue leer *Los Profesionales*, de Carlos Giménez, que aunaba el placer de trabajar dibujando con el cachondeo de estar codo con codo con otros dibujantes.

Nos gustaría hurgar más en el tema de la autoedición...
Me gusta el proceso de hacer algo de principio a fin, sin depender de nadie y disfrutando de todo el procedimiento. Escribes algo, dibujas otra cosa, lo maquetas lo mejor que eres capaz, lo imprimes y lo dejas donde puedas, y a ver si le gusta a alguien. Yo antes que dibujante me considero alguien que se divierte haciendo libros, con el contenido que sea.

Has citado en alguna ocasión, como autores que te llegan especialmente, a dibujantes tan dispares como Franquin, Carlos Giménez, Moebius y Winsor McCay. ¿Cómo se come tan variado menú?
Bueno, no me parece muy raro. Es como decir que te gustan Pelé, Maradona, Laudrup, Schuster, Zidane y Xavi. Si te gusta el fútbol, entonces te tienen que gustar estos jugadores. Quitando lo balompédicamente absurdo de esta analogía, estos cuatro dibujantes que mencionas me parecen todos unos grandes *comiqueros*, además de unos virtuosos de la plumilla. McCay es el gran precursor del lenguaje gráfico, y creo que su influencia no se queda exclusivamente en el cómic, sino que llega igualmente al cine, en cierta espectacularidad de lo

¡MIERDA!

ESPECIAL LO + INTRASCENDENTE DEL AÑO

NÚM. 1.128 · 9 DE ABRIL DE 2003

CREO SINCERAMENTE QUE EL MUNDO DE LA MODA ES ¡Superimportante!

PÍA LINDSTRONG
LOS SECRETOS MÁS ÍNTIMOS DE UNA DE LAS PERSONAS MÁS VACÍAS DEL PLANETA

104 páginas SIN CONTENIDO

TODO LO QUE USTED NUNCA QUISO SABER SOBRE LA RELACIÓN DE DOS ESTÚPIDOS

PROPAGANDA PURA Y DURA CAMUFLADA BAJO LA APARIENCIA DE ARTÍCULOS SERIOS

UN TORRENTE DE SENTIMIENTOS FALSOS Y EMOCIONES PREFABRICADAS...LA NÁUSEA

EN PRIMICIA: LAS FOTOS DE UNA BODA TAN PREVISIBLE COMO CUALQUIER OTRA

de lo que se cría se come

¡UPS!

N° 573

YA VEO ALGO... VEO UNAS MANOS... UNAS MANOS QUE SE MUEVEN SOBRE UNA ESFERA ILUMINADA... ES MUY MISTERIOSO...

Mientras trates de llegar a él, da un poco igual cómo lo intentes. Y como bien dicen: en la variedad está el placer.

Seguidamente, Brieva nombra a voleo algunas influencias: Kubrick, Jodorowsky, Pessoa, Satie, El Roto, Bergman, Fellini, Antonio Machado, Carlos Liria, Santiago Alba Rico, Agustín García Calvo, Rafael y Chicho Sánchez Ferlosio, Mahmoud Ahmed, Monty Python, Les Luthiers, Günther Anders, Tom Zé e Imperio Argentina... Un cóctel variopinto.

VUELO Y ATERRIZAJE

Al margen de su obra gráfica, Brieva también le da a la música con el grupo Las Buenas Noches. "Para mí

la música es un campo más emocional que intelectual, puramente intuitivo y bastante libre de ataduras con la realidad. Es un juego, un desahogo y un fin en sí mismo. Esto no quiere decir que no aspire a hacer como Tom Zé, Frank Zappa o Chicho Sánchez Ferlosio, que son capaces de aunar belleza musical con enjundia social y popular en las letras. Pero el caso es que para eso hace falta mucho talento, y me da que con el mío solo no alcanza."

¿Qué tipo de público crees que leía tus primeras historietas?
No sé, imagino que gente con la curiosidad suficiente como para ir a una tienda de cómics y comprarse una cosa rara, que ni sabía de dónde venía ni quién la había hecho.

¿Qué recuerdas de tu época *fanzinera*?
La sensación de incredulidad cuando te pasabas por la tienda dos meses después y, milagrosamente, se habían vendido diez o veinte revistas.

COMUNA ORGANIZADA

¿Y AHORA...?

¡BUF! ¡QUÉ PEREZOTE...! ¡TENGO UNAS GANAS DE QUE LLEGUEN LAS VACACIONES...!

...Y AHORA TOCA HACER EL AMOR ENTRE TODOS DURANTE DOS HORAS, Y LUEGO A LAS 19:00 FUMAR CANUTOS HASTA LAS 22:35, QUE VIENE LA DANZA RITUAL-PSICOTRÓPICA AL DIOS LUNAR SHANARGARAHATA...

¿Cómo afrontaste después tus colaboraciones en periódicos y revistas profesionales?
Todo fue llegando de manera progresiva, sin mucha planificación ni conciencia por mi parte. Sin embargo, poco a poco asumes que tu trabajo ya no es completamente autónomo, si no que lo haces para ser publicado y leído. No es igual que trabajar a tu bola en tu casa, ganas profesionalidad al tiempo que la creatividad se resiente. Por eso es bueno, creo, dedicarse siempre a otras cosas y eludir en la medida de lo posible tu propio encasillamiento.

¡INVASION!

¿No te lanzas a la novela gráfica ahora que está tan en boga? ¿Qué opinas de la etiqueta?

EL TRABAJADOR IDEAL

¡VAYA!... PARECE QUE LA EMPRESA NO ESTÁ OBTENIENDO LOS BENEFICIOS QUE DEBIERA... ¡PUES NO SE HABLE MÁS: MAÑANA MISMO ME DESPIDO SIN INDEMNIZACIÓN NI NADA...! ¡Y COMO SE ME OCURRA PROTESTAR, LLAMO A LOS ANTIDISTURBIOS Y QUE ME ABRAN LA CABEZA!

THE WALL STREET JOURNAL

La etiqueta me da igual, buenas historias largas ha habido siempre en el cómic, aunque ahora esté en auge el género. Tengo un par de guiones ya bastante preparados, pero aún no he encontrado el momento ni las fuerzas para abordar un proyecto de tal magnitud.

¿Te sientes un cronista de nuestro tiempo?
La verdad es que no me siento nada en concreto. Hablo de la época en la que vivo de la misma forma que lo ha hecho todo el mundo siempre. Sólo que hay gente que aborda las cosas de un modo más explícito y otra lo hace de

manera más encubierta. Yo, a menudo, y por razones prácticas, tiendo a ser muy evidente.

¿La realidad supera demasiado a la ficción?
Se van complementando. A veces la imaginación parece ir por delante y otras veces se queda corta ante acontecimientos reales inimaginables. Se van abriendo camino la una a la otra. La ficción va dando ideas; la realidad va mostrando hasta qué punto esas ideas van siendo rebasadas una y otra vez.

¿Te gusta escarbar en el lado oscuro del ser humano?

No especialmente, más bien lo contrario. Otra cosa es que la realidad te lleve a mostrar sus miserias, pero no es desde luego una elección voluntaria, sino una cierta imposición de la conciencia. Acabo de terminar de ilustrar un cuento para niños, totalmente fantástico, y puedo asegurar que he disfrutado mucho más que haciendo viñetas satíricas. Últimamente se ha ido asentando una cierta estética cruda, nihilista, de hurgamiento en ese lado oscuro que dices, como regodeándose en ello hasta casi enaltecerlo. Como hace Houellebecq, por ejemplo. A mí esta corriente no me escandaliza, sino que más bien me aburre, aparte de que no me parece muy ambiciosa desde el punto de vista puramente creativo. Algo tiene en común esto con la publicidad en cuanto a derroche de creatividad malograda.

¿El cómic es uno de los pocos campos donde aún hay libertad para experimentar?
Como es periférico en términos de negocio y muy económico y accesible de practicar, es probablemente uno de los campos creativos más libres e innovadores de la actualidad. Es como hacer cine en tu casa, con los actores que tú quieras, sin atender a presupuesto alguno, con tanto efecto especial como estés dispuesto a currarte tú mismo sobre el papel.

¿Te gustaría hacer algo para el medio audiovisual? Imagen real, animación...
Ya he hecho algo de animación para cine y algún documental, fundamentalmente con Santi Amodeo (*Astronautas*) y Gervasio Iglesias (*Underground: La ciudad del arco iris*), pero un poco por encargo. En cuanto a si me gustaría hacer algo de

imagen real, la respuesta es que me encantaría, pero no está la cosa fácil. Para hacer cine hay que emplearse a fondo, invertir muchísimo tiempo y tener algo de suerte. En cuanto a la televisión, es algo inalcanzable tal como está el patio, puesto que hay cero interés por probar cosas nuevas, y mucho menos si éstas además son políticamente incorrectas. Es gracioso, todo el mundo en televisión se deshará en halagos sobre, por ejemplo, los Monty Python, pero como les presentes un proyecto con ese mismo espíritu irreverente y surrealista, el desprecio será total. Así que, mientras tanto, habrá que seguir dibujando.

¿Cómo definirías tu obra global en pocas palabras?
Algo que se lee y que a veces hace gracia, a veces hace pensar y otras muchas no hace nada de nada. O bien

como muchos fragmentos dispersos de una misma idea.

¿Se puede decir que tus personajes habitan un planeta enfermizo?
Se puede decir, con un margen de error del 0´0073 %, que mis personajes somos todos nosotros. Lo de enfermizo va en función de la buena o mala cara que nos veamos en el espejo.

¿Otro mundo es posible?

FIN DE TRANSMISION

Borja Crespo.

BELGA MAGAZINE PRESENTS:

POSTCARDS FROM A SICK! PLANET!

IPEA®

Pensamos en ti

MANOS KRÖLGUG

MÓNTALO TÚ MISMO

The front cover of the album El otro mundo, one of the latest works by Miguel Brieva (Seville, 1974), seems timely and ideal. A television is the central motif. The screen has broken into a thousand pieces, but it continues to work, showing an image through which the alleged viewer, the reader in the end, has entered. A man has crossed the threshold of the electronic window to dive into another world, a rosary of images that are a true reflection of the silliest side of our condition. Brieva's comic

VIVE A TOPE SIN DROGAS

Esta es una recomendación del:

MINISTERIO DEL BIEN

ACABARON POR CONVENCERNOS

"...Y EL GOBIERNO REITERÓ SU LLAMAMIENTO A LA CALMA... NO HAY MOTIVOS PARA PREOCUPARSE PUESTO QUE, COMO BIEN HA CONFIRMADO NUESTRO PRESIDENTE, "VIVIMOS EN EL MEJOR MUNDO DE LOS POSIBLES"... Y AHORA : ¡EL FÚTBOL!... Y PARA VERDADERO DESASTRE, EL DEL MENISCO DE ROMUALDINHO, ¿VERDAD, VICTOR?... SÍ, SERGIO, JA, JA... Y ES QUE PARECE QUE NO PODRÁ JUGAR PARA EL DERBY DEL..."

surfing the TV channels but in full Technicolour; they show us a caricature of our own planet, a sick planet, in the form of scenes from a broken future, which is really the present. A present with an old-fashioned look, with touches of kitsch, steampunk and vitriolic humour that is an invitation to thought.

Before making the leap to high-circulation newspapers and working in the pages of such a variety of magazines as El jueves, Cinemanía, Ajoblanco and Mondo Brutto, Brieva published five editions of his own Dinero, later collected together in a volume by Modadori, the same publisher that produces El otro mundo, a selection of critical images that make the reader think while having a good time. More than one specialist journalist has defined the remarkable style of this personal cartoonist "as a cross between El Roto and Robert Crumb", a description that our interlocutor is delighted to accept. "That's the way it is", he points out. "If I had to confess to two of my greatest influences, they would undoubtedly be those two, who are very different, but at the same time they complement one another perfectly. They are both sharp and, in their way, profoundly philosophical. Crumb is obviously more fun and enjoyable, more varied as far as themes and approaches go, but El Roto has the gift of graphic synthesis, as well as a very polished drawing style, and he is undoubtedly one of the few thinkers in this country". When asked whether he considers himself a comic author or a graphic comedian, he quickly replies: "I draw, full-stop, which involves the least amount of commitment. I came to graphic humour almost by accident, and as for being a cartoonist, I still have a long way to go - filling more pages and drawing more cartoons".

Brieva is capable of making fun of any issue in current affairs, without resorting to the obvious. Surrealist and shameless, he likes to question everything around him. "Well, more or less like anybody else I imagine" he highlights modestly. "I don't think that anybody happily accepts living a lie. But that is not the same as what is happening now, that the fragmentation and confusion generated by the show business media immobilises and freezes the potential critic that we all have inside of us. Here, a certain personal effort is needed to wake up and see what is going on and

what can be done about it". We go on board his peculiar space ship to understand how the control panel works and to discover something about his physical and mental cargo.

Can your cartoons be defined as "scenes of a dystopia"?
No, I see them rather as somewhat amplified scenes of the utopia that we are currently experiencing, the utopia of capitalism: infinite growth in a finite world.

But it does appear that you imagine a future that, in the end, is a caricature of our times.
No, I imagine a present that when projected in an apparent future parody, shows with greater clarity exactly what the world that we live in is like now. My cartoons will probably be no more than neo-realist local customs in the not-so-distant future.

Have you ever been called a visionary?
I don't know, but I don't think that you need a special vision to see certain things either; all you have to do is look around with a minimum of perspective, attempting to do so with common sense and a few home truths thrown in too. Deep down,

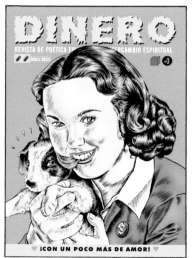

people perceive things much better than you might think, but the channels of communication between us are so conditioned by the media that everything seems to be madness and nobody realizes it. People know that business people and politicians are the scum of the earth; that nobody should have that much money and power, that tomatoes should taste like tomatoes and that the climate is going mad because our life-style model is irrational. People know that in the street, and people would be willing to back measures along those lines, but the media are very careful about allowing these things to be expressed – although they would surely be the most profoundly popular - , and they insist over and over again that what we have is everything that we have, end of story.

IGNITION

Brieva draws with pencil, brush and ink on a school note pad. He then scans the illustrations and colours them with a computer. He never imagined that he would ever end up working for magazines like El Jueves. "I never imagined becoming a cartoon illustrator," he states emphatically. "It is something that has gradually come about by chance". He has undeniably carved out an excellent career for himself in the history of Spanish comics. What remains of the days of self-publishing? "The same concept of making your wishes come true, of not waiting to have to go through certain filters," he replies. "I currently publish with publishers in the real sense of the word, but I still intend to publish my own work, and if I

don't, it is because I don't have time, because I have had several projects waiting for some years now". One publisher that predominantly publishes books has opted for his work, something relatively new on the market. Comics are sold in non-specialist bookshops too, more than ever before. "But let's get this straight, this has happened because in recent years, comics have been revitalised as a market, otherwise they would continue to be rare specimens relegated to the shelves of those bookshops-toyshops-for-grown-up-children that comic shops have become. The form of distribution and points of sale for them are becoming more in line with more accepted ways of doing things, as is the way their authors are treated by publishers. In any case, this has also helped the traditional comic publishers to come out of the ghetto in the way they operate and it means that they are now more concerned about the quality of their publications."

Do you remember when and how you got bitten by the comic drawing bug?
I have always loved comics, ever since I can remember; it doesn't matter whether they were the Smurfs, Superlópez or the old TBO that my grandmother had. The definitive stimulus was perhaps reading Los Profesionales, by Carlos Giménez, that combined the pleasure of working in drawing and fooling around and working shoulder-to-shoulder with other cartoonists.

We'd like to know more about the self-publishing...
I like the process of doing something from beginning to end, without having to depend on anybody and enjoying the whole process. You write something, you draw something else, you lay it out as best you can, you print it and you leave it around wherever you can, and wait and see if someone likes it. Rather than a cartoonist, I consider myself as somebody who enjoys making books, whatever the content may be.

You have mentioned, on occasions, authors who have influenced you, including cartoonists such as Franquin, Carlos Giménez, Moebius and Winsor McCay. How can you "eat" from such a varied menu?
It doesn't strike me as being so strange. It is like saying that you like Pelé, Maradona, Laudrup, Schuster, Zidane and Xavi. If you like football, you have to like these players. Apart from the absurdity of the analogy from a footballing point of view, these four cartoonists that you mention are great comic artists in my opinion, apart from being virtuosos with the pen. McCay is the great precursor of graphic language and I think that his influence hasn't only been in comics - you also see it in cinema, in certain spectacular

elements of the visual, and with his pioneering animation work. Franquin is one of those cartoonists who draws most fluently and freely. When I was a child, I thought that, in comparison with the home-grown creations of Bruguera, his albums came from a different galaxy. His characters, in fact, acted as a model for countless copies such as Sacarino the bell boy – a bizarre mixture of Spirou and Gaston LaGafe – and his elegant way of drawing was imitated by many people all over Europe. And his Idées Noires are fantastic. Carlos Giménez was one of the great influences on me, spurring me on to work at this. His narrative talent and the humanity of his stories show the emotional power of the genre. As for Moebius, few illustrators are on his level. He has all the stature of the greats -Alex Rymond or Harold Foster- with his classic Blueberry, but, on top of this, he

has the lysergic and underground "touch" of the sixties, making it an almost unique combination.

If he had to mention one current author who is really at home in our borders, he would feel akin "to Paco Alcázar and Miguel Núñez, due to our friendship and the similarities in our work. I also love what Max, Calpurnio and Eneko do". And foreigners? "Joan Sfar, Beto Hernández, Clowes, Bourgeon, Hugo Pratt, Lauzier, Liniers, Kioskerman, Langer, Chris Ware, Seth, Winshluss...".

When it comes to your content, there are references to all kinds of disciplines in your work.
Possibly. All that about separating disciplines and specialising exclusively in one of them is practical, but it can also be a bit limiting and boring. Any kind of

expression refers to the same core in the end, to the marrow of human sentiment. As long as you are trying to get to it, it doesn't really matter how you try to do so. And variety is the spice of life, as they say.

Brieva then went on to name some influences off the top of his head: Kubrick, Jodorowsky, Pessoa, Satie, El Roto, Bergman, Fellini, Antonio Machado, Carlos Liria, Santiago Alba Rico, Agustín García Calvo, Rafael and Chicho Sánchez Ferlosio, Mahmoud Ahmed, Monty Python, Les Luthiers, Günther Anders, Tom Zé and Imperio Argentina... A highly-varied cocktail.

FLIGHT AND LANDING

Apart from his graphic work, Brieva also dabbles in music with the group Las Buenas Noches. "Music is more of an emotional than an intellectual field for me, purely intuitive and quite free of ties to reality. It is a game, a way of letting off steam and an end in itself. That does not mean that I do not aspire to doing something like Tom Zé, Frank Zappa or Chicho Sánchez Ferlosio, who are quite capable of bringing together musical beauty with social and popular substance in the lyrics. But the truth is that it takes a lot of talent to do that, and I don't think I have enough of that to do it on my own".

What kind of people do you think used to read your first comic strips?
I don't know. I imagine that it would be people who were curious enough to go to a comic shop and buy something strange - something that they weren't familiar with and with no idea about where it came from or who had created it.

What do you remember of your fanzine times?
The feeling of disbelief when you go into the shop two months later and, miraculously, they had sold ten or twenty magazines.

How did you cope later with working in collaboration with professional newspapers and magazines?
It all happened gradually, without very much planning or awareness on my part. But you gradually accept the fact that your work is no longer completely independent; you do it to be published and read. It is not the same as working from home at your own pace; you become more professional, but your creativity suffers. That is why I think it is always a good idea to do other things and to avoid being pigeon-holed as far as possible.

¡INVASION!

Aren't you going to try your hand at graphic novels now that they are so fasionable? What do you think of the label?
I don't care about the label. There have always been good long stories in comics, although the genre is currently booming. I have got a couple of scripts just about ready, but I still haven't found the time or the strength to tackle such a large project.

Do you think of yourself as a chronicler of our times?
To tell you the truth, I don't feel like anything specific. I talk about the times I live in the same way that everybody has. It is just that there are some people who tackle things in a more explicit way and others in a more discreet manner. For practical reasons, I often tend to be more obvious.

Is truth often stranger than fiction?
They complement one another. Imagination sometimes seems to lead the way and other times it falls short in the face of unimaginable events from real life. Either one or the other opens the way. Fiction generates ideas, truth shows you, time and time again, how far these ideas have exceeded the limits.

Do you like to delve into the dark side of humanity?
Not especially, quite the contrary. Of course, at times, reality shows up its underbelly, but it isn't anything voluntary, of course, but rather something that your cons-

cience imposes on you. I have just finished illustrating a children's story, really fantastic, and I can assure you that I enjoyed it far more than doing satirical comic strips. A certain crude, nihilist aesthetic has taken root, one that digs into the "dark side", as you call it, almost delighting in it to the point of extolling it. Like Houllebeq does for instance. I am not shocked by this current; on the contrary, it bores me, apart from the fact that it doesn't seem to be very ambitious from a purely creative point of view. This has something in common with advertising, insofar as it is an ill-fated display of creativity.

Is the comic one of the few fields where there is still freedom to experiment?
As it's on the periphery in terms of business, and very cheap and easy to do, it is currently probably one of the most liberated and innovative creative fields. It is like making films at home, with the actors of your choice, without having to worry about a budget and with as many special effects as you are willing to put the effort into drawing.

Would you like to do something for TV or cinema? Real images, animation...
I have already done some animated work for the cinema and the odd documentary, basically with Santi Amodeo (Astronautas) and Gervasio Iglesias (Underground: La Ciudad del Arco-iris), but mostly as a result of specific requests. But whether I'd like to do something with images, the answer would have to be yes, I'd love to, but it's not easy at the

moment. To make films, you have to give your all, invest loads of time and have a bit of luck. As for television, it isn't really possible with the way things are at the moment as there is absolutely no interest for anything innovative, especially if it is also politically incorrect. It's strange, everybody in television falls over themselves with praise for Monty Python, for instance, but if you presented them with a project that was similar in terms of that irreverent and surreal spirit, they would just look down their noses at you. So, in the meantime, I'll just have to carry on drawing.

How would you sum up your work in a few words?
Something that is read that sometimes makes you laugh, sometimes makes you think and many other times doesn't really do anything to you at all. Or like many scattered pieces of a single idea.

Could it be said that your characters live on a sick planet?
You could say, with a margin of error of 0.0073%, that we are all my characters. The sick part depends on how happy or sad the face we see in the mirror is.

Is another world possible?

END OF BROADCAST

Borja Crespo.

INK·JECTION:
WERKE

01. NOMBRE ARTÍSTICO / NOMBRE REAL:
Werke / Marcin Kuligowski.
02. FECHA Y LUGAR DE NACIMIENTO:
Año del mono / Algún lugar de Polonia.
03. WEBSITES:
www.werke.pl & www.fromthetrunk.com
04. DESCRIBE EN POCAS PALABRAS TU TRABAJO / STYLE:
Mezcla de ilustración y diseño gráfico con la Técnica de los Cinco Puntos de
Presión para hacer Explotar un Corazón.
05. MAYOR EXITO DE TU CARRERA:
Tener una carrera.
06. MEJORES COMPAÑEROS PARA TRABAJAR / COLABORAR:
Amigos. Generalmente personas con cara.
07. HERRAMIENTA PREFERIDA:
Cuchillo.
08. COLOR PREFERIDO:
Negro fluorescente.
09. CIUDAD PREFERIDA:
Goerlitz.
10. JUGUETE PREFERIDO:
Pistolas laser.
11. SABOR DE HELADO FAVORITO:
Café.
12. ANIMAL O MASCOTA FAVORITA:
Chacal.
13. UN HEROE:
Snake Plissken.
14. UNA BANDA DE MÚSICA QUE PUEDA DEFINIR TU OBRA DE ALGUNA MANERA:
Einsturzende Neubauten.
15. UN ARTISTA QUE CONSIDERES UNA IMPORTANTE INFLUENCIA EN TU OBRA:
Kurt Schwitters.
16. UN ARTISTA DESCONOCIDO AL QUE TE GUSTARÍA PRESENTARNOS (+WEBSITE):
Ola Mróz (www.olamroz.blogspot.com).
17. LA PELÍCULA QUE HAS VISTO MÁS VECES:
En La Boca del Miedo de John Carpenter.
18. EL FIN DEL MUNDO SERÁ:
Llenos de fuegos artificiales y gente llorando y gritando.
19. CARNE O VERDURA:
Huesos. Molidos.
20. MAC O PC:
PC pero ojalá fuera un Amiga.
21. TUS VACACIONES PERFECTAS:
En la luna.
22. UN DESEO PARA ESTE AÑO:
Que pase rápido.
23. EL DÍA DESPUES DE MAÑANA...
Empezaré todo de nuevo.
24. SI FUERAS RICO...
Me gustaría comprarme una Estrella de La Muerte.

01. ARTIST NAME / REAL NAME:
Werke / Marcin Kuligowski.
02. BORN DATE AND PLACE:
Year of monkey / Somewhere in Poland.
03. WEBSITES:
www.werke.pl & www.fromthetrunk.com
04. DESCRIBE IN FEW WORDS YOUR DISCIPLINE / STYLE:
Mixing illustration, graphic design with Five Pointed Palm Heart
Exploding technique.
05. BEST GOAL IN YOUR CAREER:
To have a career.
06. BEST PARTNERS TO WORK / COLLABORATE:
Friends. Generally people with real human faces.
07. FAVORITE TOOL:
Knife.
08. FAVORITE COLOR:
Fluorescent black.
09. FAVORITE CITY:
Goerlitz.
10. FAVORITE TOY:
Laser guns.
11. FAVORITE ICE CREAM FLAVOUR:
Coffe.
12. FAVORITE PET / ANIMAL:
Jackal.
13. ONE HEROE:
Snake Plissken.
14. ONE SONG OR MUSIC BAND THAT COULD DEFINE YOUR ART SOMEHOW:
Einsturzende Neubauten.
15. ONE ARTIST THAT YOU CONSIDER AN IMPORTANT INFLUENCE IN YOUR WORK:
Kurt Schwitters.
16. ONE UNKOWN ARTIST THAT YOU WOULD LIKE TO INTRODUCE (+WEBSITE):
Ola Mróz (www.olamroz.blogspot.com).
17. THE MOVIE YOU HAVE SEEN MORE TIMES:
John Carpenter's In the Mouth of Madness.
18. THE END OF THE WORLD IS GONNA BE LIKE:
Full of fireworks and crying, screaming people.
19. VEGETABLES OR MEAT:
Bones. Grinded.
20. MAC OR PC:
PC but i wish it was Amiga.
21. YOUR PERFECT HOLIDAYS:
On the moon.
22. ONE WISH FOR THIS YEAR:
Make it quick.
23. THE DAY AFTER TOMORROW YOU WILL...
Start all over again.
24. IF YOU WOULD BE RICH...
I would buy myself a Deathstar.

B   Sun Dodgers, artwork.

C   V, artwork.

SUB
DAMAGE
01.08.2009

AURICOM / BIAŁYSTOK **PZG** / KRAKÓW **CLN** / KRAKÓW **DUBSEED** / KRAKÓW
MIZ / POZNAŃ **GRABADUB** / POZNAŃ **MACK** / GDAŃSK **GOTRI** / KATOWICE

17/04

BROWAR MIESZCZAŃSKI

WROCŁAW HUBSKA 44
GODZ. 21:00 / TAX: 30 ZŁ

MY HEAD IS DUBBY

DUBSTEP & UK GARAGE STAGE:

ROSSI B & LUCA HEAVY ARTILLERY>
PLANET MU>SOUL MOTIVE>UK
DELAY LAMA LIVE!>WRO
UNNAMED DUB COLLECTIVE LIVE!>WRO
TLR / P500 / S400 / WUJA
MYHEADISDUBBY.COM
VJ COMANKH MYSPACE.COM/K_VASS

DRUM'N'BASS STAGE:

ANILE RENEGADE HARDWARE - UK
BRAV / MACBEAT / DT SUBWENA
VJ VISIONEX :PLUG/PLAY>

FUTURE BASS STAGE:

GREGSKI RUFFSOUNDZ - WWA
JAKUB DYMEK VOOKA TEARZ / BBQ
DIZZY TROUBLE BBQ
TESKKO LIVE IN THE MIX
MASH MASHINE MAN

POWERED BY: pentagrid

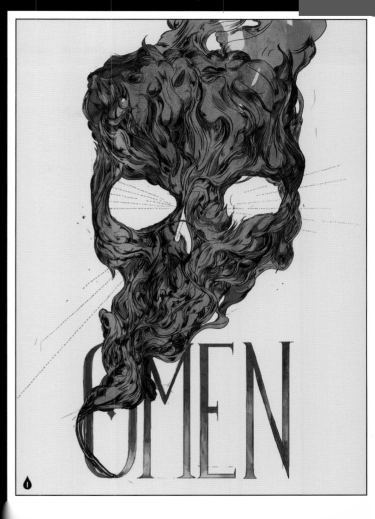

INK·JECTION:
FLORO

01. NOMBRE ARTÍSTICO / NOMBRE REAL:
Floro Araez.
02. FECHA Y LUGAR DE NACIMIENTO:
1980 Madriz.
03. WEBSITES:
www.behance.net/floraco
04. DESCRIBE EN POCAS PALABRAS TU TRABAJO / STYLE:
Fotografía casual.
05. MAYOR EXITO DE TU CARRERA:
Está por meter.
06. MEJOR MOMENTO DEL DÍA PARA HACER FOTOS:
Amanecer con nubes bajas.
07. CAMARA FAVORITA:
Hasselblad, pero ya me gustaria tenerla.
08. LUGAR PREFERIDO:
Morro do Cantagalo, Brasil.
09. CIUDAD PREFERIDA:
Bangkok.
10. JUGUETE PREFERIDO:
Begleri.
11. SABOR DE HELADO FAVORITO:
Frambuesa.
12. ANIMAL O MASCOTA FAVORITA:
Chucho.
13. UN HEROE:
Ningen.
14. UNA BANDA DE MÚSICA QUE PUEDA DEFINIR TU OBRA DE ALGUNA MANERA:
Rotator.
15. UN ARTISTA QUE CONSIDERES UNA IMPORTANTE INFLUENCIA EN TU OBRA:
David Burnett.
16. UN ARTISTA DESCONOCIDO AL QUE TE GUSTARÍA PRESENTARNOS (+WEBSITE):
Wooperhero (http://www.flickr.com/photos/wooperheroe).
17. LA PELÍCULA QUE HAS VISTO MÁS VECES:
Leolo.
18. EL FIN DEL MUNDO VA A SER:
Como en "12 Monos".
19. CARNE O VERDURA:
Soy carnacas.
20. DIGITAL OR TRADITIONAL PHOTO CAMERAS:
Digital, por ser más práctico.
21. TUS VACACIONES PERFECTAS:
Sin equipaje.
22. UN DESEO PARA ESTE AÑO:
Trabajar menos y fotear más.
23. EL DÍA DESPUES DE MAÑANA...
Ni idea...
24. SI FUERAS RICO...
Resucitaria a Groucho Marx.

01. ARTIST NAME / REAL NAME:
Floro Araez.
02. BORN DATE AND PLACE:
1980 Madriz, Spain.
03. WEBSITES:
www.behance.net/floraco
04. DESCRIBE IN FEW WORDS YOUR DISCIPLINE / STYLE:
Casual photography.
05. BEST GOAL IN YOUR CAREER:
It will come.
06. BEST TIME OF DAY TO SHOOT:
In the morning with low clouds.
07. FAVORITE CAMERA:
Hasselblad, that I would love to have it.
08. FAVORITE SPOT:
Morro do Cantagalo, Brasil.
09. FAVORITE CITY:
Bangkok.
10. FAVORITE TOY:
Begleri.
11. FAVORITE ICE CREAM FLAVOUR:
Raspberry.
12. FAVORITE PET / ANIMAL:
Mutt.
13. ONE HEROE:
Ningen.
14. ONE SONG OR MUSIC BAND THAT COULD DEFINE YOUR ART SOMEHOW:
Rotator.
15. ONE ARTIST THAT YOU CONSIDER AN IMPORTANT INFLUENCE IN YOUR WORK:
David Burnett.
16. ONE UNKOWN ARTIST THAT YOU WOULD LIKE TO INTRODUCE (+WEBSITE):
Wooperhero (http://www.flickr.com/photos/wooperheroe).
17. THE MOVIE YOU HAVE SEEN MORE TIMES:
Leolo.
18. THE END OF THE WORLD IS GONNA BE LIKE:
As in "12 Monkeys".
19. VEGETABLES OR MEAT:
I'm carnivore.
20. DIGITAL OR TRADITIONAL PHOTO CAMERAS:
Digital, It's more useful.
21. YOUR PERFECT HOLIDAYS:
Without luggage.
22. ONE WISH FOR THIS YEAR:
Less work and more shoots.
23. THE DAY AFTER TOMORROW YOU WILL...
No idea...
24. IF YOU WOULD BE RICH...
I will resurrect Groucho Marx.

G "Flower of Loreto". Baja California.

H "Sin título". Panamá.

INK·JECTION:
IEMZA

01. NOMBRE ARTÍSTICO / NOMBRE REAL:
IEMZA / Simon Belmont.
02. FECHA Y LUGAR DE NACIMIENTO:
1978 / 51 Marne, Francia.
03. WEBSITES:
www.flickr.com/photos/iemza
04. DESCRIBE EN POCAS PALABRAS TU TRABAJO / STYLE:
Tensión / Ambigüedad / Fantasmagórico / Caos / Proliferación.
05. MAYOR ÉXITO DE TU CARRERA:
Creo que aún no he alcanzado mi mayor éxito.
06. MEJORES COMPAÑEROS PARA TRABAJAR / COLABORAR:
Rubio & Gilbert1.
07. HERRAMIENTA PREFERIDA PARA PINTAR:
Lápiz.
08. COLOR PREFERIDO:
Negro.
09. CIUDAD PREFERIDA:
NYC.
10. JUGUETE PREFERIDO:
Mr Potato & Super Nintendo.
11. SABOR DE HELADO FAVORITO:
Pistacho.
12. ANIMAL O MASCOTA FAVORITA:
Cuervo.
13. UN HEROE:
Michael Jordan.
14. UNA BANDA DE MÚSICA QUE PUEDA DEFINIR TU OBRA DE ALGUNA MANERA:
Pixies / Alec Eiffel & Metronomy / The end of you too.
15. UN ARTISTA QUE CONSIDERES UNA IMPORTANTE INFLUENCIA EN TU OBRA:
Alberto Giacometti y la película El Submarino Amarillo.
16. UN ARTISTA DESCONOCIDO AL QUE TE GUSTARÍA PRESENTARNOS (+WEBSITE):
MTG / Thierry Gaudé (http://www.thierrygaude.fr).
17. LA PELÍCULA QUE HAS VISTO MÁS VECES:
West Side Story.
18. EL FIN DEL MUNDO SERÁ:
Como una gran explosión, es más directo.
19. CARNE O VERDURA:
Carne con verdura.
20. MAC O PC:
MAC.
21. TUS VACACIONES PERFECTAS:
En Nueva York con mi pequeña familia.
22. UN DESEO PARA ESTE AÑO:
Si lo cuento, no se hará realidad.
23. EL DÍA DESPUES DE MAÑANA...
Iré a pintar.
24. SI FUERAS RICO...
Tendría menos stress.

01. ARTIST NAME / REAL NAME:
IEMZA / Simon Belmont.
02. BORN DATE AND PLACE:
1978 / 51 Marne, France.
03. WEBSITES:
www.flickr.com/photos/iemza
04. DESCRIBE IN FEW WORDS YOUR DISCIPLINE / STYLE:
Tension / Ambiguity / Ghostly / Chaos / Proliferation.
05. BEST GOAL IN YOUR CAREER:
I think I have not reached my best goal yet.
06. BEST PARTNERS TO WORK / COLLABORATE:
Rubio & Gilbert1.
07. FAVORITE TOOL TO PAINT:
Pencil.
08. FAVORITE COLOR:
Black.
09. FAVORITE CITY:
NYC.
10. FAVORITE TOY:
Mr Potato Head & Super Nintendo.
11. FAVORITE ICE CREAM FLAVOUR:
Pistachio nut.
12. FAVORITE PET / ANIMAL:
Crow.
13. ONE HEROE:
Michael Jordan.
14. ONE SONG OR MUSIC BAND THAT COULD DEFINE YOUR ART SOMEHOW:
Pixies / Alec Eiffel & Metronomy / The end of you too.
15. ONE ARTIST THAT YOU CONSIDER AN IMPORTANT INFLUENCE IN YOUR WORK:
Alberto Giacometti & the Yellow Submarine movie.
16. ONE UNKOWN ARTIST THAT YOU WOULD LIKE TO INTRODUCE (+WEBSITE):
MTG / Thierry Gaudé (http://www.thierrygaude.fr).
17. THE MOVIE YOU HAVE SEEN MORE TIMES:
West Side Story.
18. THE END OF THE WORLD IS GONNA BE LIKE:
A big explosion it's more direct.
19. VEGETABLES OR MEAT:
Meat with vegetables.
20. MAC OR PC:
MAC.
21. YOUR PERFECT HOLIDAYS:
NYC with my little family.
22. ONE WISH FOR THIS YEAR:
If I tell it, it will not come true.
23. THE DAY AFTER TOMORROW YOU WILL...
I will go to paint.
24. IF YOU WOULD BE RICH...
I will have less stress.

"Fécondité Partagée" - La Ferme des Anglais - Reims - 2009

B   Detail "Fécondité Partagée" - La Ferme des Anglais - Reims - 2009.

C   Detail "Fécondité Partagée" - La Ferme des Anglais - Reims - 2009.

D "Prolifération par l'oubli" - La Ferme des Anglais - Reims - 2009.

E "Altered Beast" - La Ferme des Anglais - Reims - 2009.

F "Les Intérieurs du Pénis Vagabond" - La Ferme des Anglais - Reims - 2009.

H "no title" - La Ferme des Anglais - Reims - 2009.

H "J'irai percer ta bonbonnière #1" - Reims - 2009.

INK·JECTION:
MIDNIGHT·DIGITAL

01. NOMBRE ARTÍSTICO / NOMBRE REAL:
Midnight-digital / Christophe Dessaigne.
02. FECHA Y LUGAR DE NACIMIENTO:
09/09/1973.
03. WEBSITES:
midnight-digital & www.midnight-artwork.com
SCRIBE EN POCAS PALABRAS TU TRABAJO / STYLE:
ión fotográfica, creador de imágenes, narrador.
05. MAYOR ÉXITO DE TU CARRERA:
Vivir de mi propio arte.
RES COMPAÑEROS PARA TRABAJAR / COLABORAR:
Mi mitad oscura.
07. HERRAMIENTA PREFERIDA:
Máscara de gas.
08. COLOR PREFERIDO:
Azul de medianoche.
09. CIUDAD PREFERIDA:
Montreal, Canada.
10. JUGUETE PREFERIDO:
Photoshop.
11. SABOR DE HELADO FAVORITO:
Derretido.
12. ANIMAL O MASCOTA FAVORITA:
Gatos.
13. UN HEROE:
Lemmy Kilminster de Motorhead.
QUE PUEDA DEFINIR TU OBRA DE ALGUNA MANERA:
Rythms" de una banda canadiense llamada Rush.
DERES UNA IMPORTANTE INFLUENCIA EN TU OBRA:
David Lynch.
O AL QUE TE GUSTARÍA PRESENTARNOS (+WEBSITE):
www.flickr.com/photos/crysse) que es ilustrador.
17. LA PELÍCULA QUE HAS VISTO MÁS VECES:
Blade Runner.
18. EL FIN DEL MUNDO SERÁ:
Como una interminable noche de invierno.
19. CARNE O VERDURA:
Organismos modificados genéticamente (OMG).
20. MAC O PC:
alidad no me importa. Sólo tiene que funcionar.
21. TUS VACACIONES PERFECTAS:
En Islandia mirando la aurora boreal.
22. UN DESEO PARA ESTE AÑO:
sar el océano Atlántico y vivir la Gran Aventura.
23. EL DÍA DESPUES DE MAÑANA...
sobreviviré, o al menos lo intentaré.
24. SI FUERAS RICO...
Nunca olvidaría de donde vengo.

01. ARTIST NAME / REAL NAME:
Midnight-digital / Christophe Dessaigne.
02. BORN DATE AND PLACE:
1973-09-09.
03. WEBSITES:
www.flickr.com/photos/midnight-digital & www.midnight-artwork.com
04. DESCRIBE IN FEW WORDS YOUR DISCIPLINE/STYLE:
Photograpy, photo manipulation, image creator, storyteller.
05. BEST GOAL IN YOUR CAREER:
To live from my own art.
06. BEST PARTNERS TO WORK/COLLABORATE:
My dark half.
07. FAVORITE TOOL:
Gas mask.
08. FAVORITE COLOR:
Midnight blue.
09. FAVORITE CITY:
Montreal, Canada.
10. FAVORITE TOY:
Photoshop.
11. FAVORITE ICE CREAM FLAVOUR:
Melted.
12. FAVORITE PET/ANIMAL:
Cats.
13. ONE HEROE:
Lemmy Kilminster from Motorhead.
14. ONE SONG OR MUSIC BAND THAT COULD DEFINE YOUR ART SOMEHOW:
"Mystic Rythms" from the canadian band Rush.
15. ONE ARTIST THAT YOU CONSIDER AN IMPORTANT INFLUENCE IN YOUR WORK:
David Lynch.
16. ONE UNKOWN ARTIST THAT YOU WOULD LIKE TO INTRODUCE (+WEBSITE):
My friend Crysse (http://www.flickr.com/photos/crysse/) who is a drawer.
17. THE MOVIE YOU HAVE SEEN MORE TIMES:
Blade Runner.
18. THE END OF THE WORLD IS GONNA BE LIKE:
A neverending cold winter night.
19. VEGETABLES OR MEAT:
Genetically modified organism (GMO).
20. MAC OR PC:
PC but I really don't care. It just has to work.
21. YOUR PERFECT HOLIDAYS:
In Iceland watching at the borealis aurora.
22. ONE WISH FOR THIS YEAR:
To cross the Atlantic ocean to live the Great Adventure.
23. THE DAY AFTER TOMORROW YOU WILL...
Survive, or at least trying to do it.
24. IF YOU WOULD BE RICH...
I will never forget from where I come.

The Miracle and the Sleeper.

Idea Industry 2099 - Napoli Luca

ZONA DE EXPRESION

ICH BRAUCHE ZEIT...
KEIN ALKOHOL, KE...
BRAUCH KEINE HILF...EIN
DOCH DYNAMIT UND...
ICH BRAUCHE ÖL FÜR...
EXPLOSIV WIE KEROS...
MIT VIEL OKTAN UND...BLEI
EINEN KRAFTSTOFF WIE

BENZIN

BRAUCH KEINE...FREUND, KEIN KOKAIN
BRAUCH WEDE...ZT NOCH MEDIZIN
BRAUCH KEIN...AU, NUR VASELIN
ETWAS NIT...ZERIN
ICH BRAU...LD FÜR GASOLIN
EXPLOSIV...EROSIN
MIT VIEL...N UND FREI VON BLEI
EINEN KR...STOFF WIE BENZIN

Benzin - Juan García
ensanguinariamiento.blogspot.com

Distopia - **Veronica Solomon**
www.behance.net/Inkamon

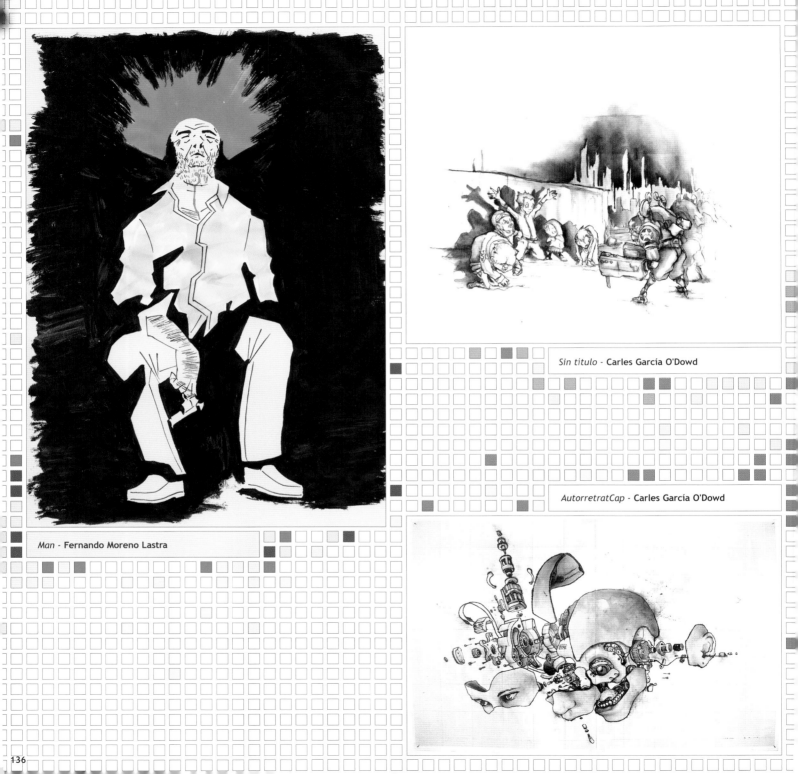

Man - **Fernando Moreno Lastra**

Sin título - **Carles García O'Dowd**

AutorretratCap - **Carles García O'Dowd**

Sin titulo - Michele Facchinetti

Betula - **Marlene Krause**
www.myspace.com/marlene_krause

Sin título - **Michele Facchinetti**

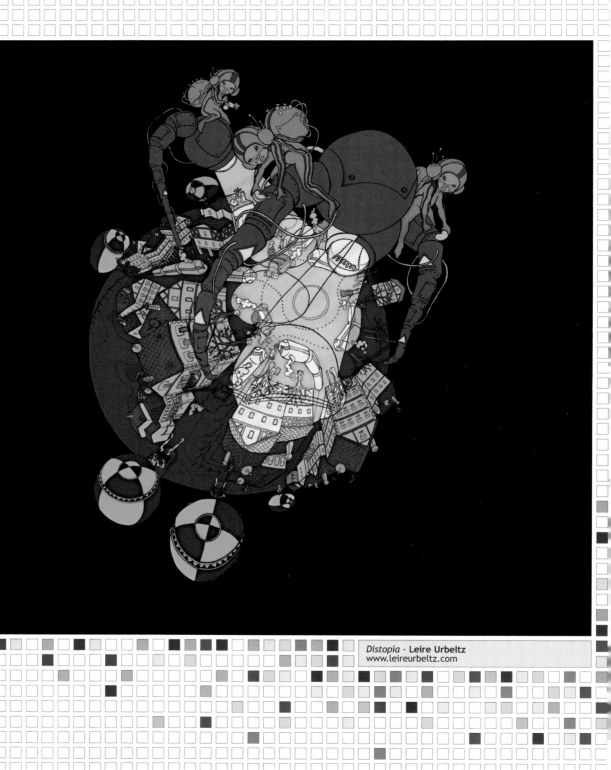

Distopía - **Leire Urbeltz**
www.leireurbeltz.com

Metal Machine - **I am I can**
www.iamican.com

Dystopia - **Marie B. Cros**
mariebcros.free.fr

Toxic red dust - **Mr.Byron**
www.mrbyron.com

EXP

Sin título - **Félix Ramos**
www.popluv.com

146

Godzilla - Alejandro Chaírez
www.losdorados.net

ESCAPE

Sin título - Iván Sanjuán
www.ivansanjuan.blogspot.com

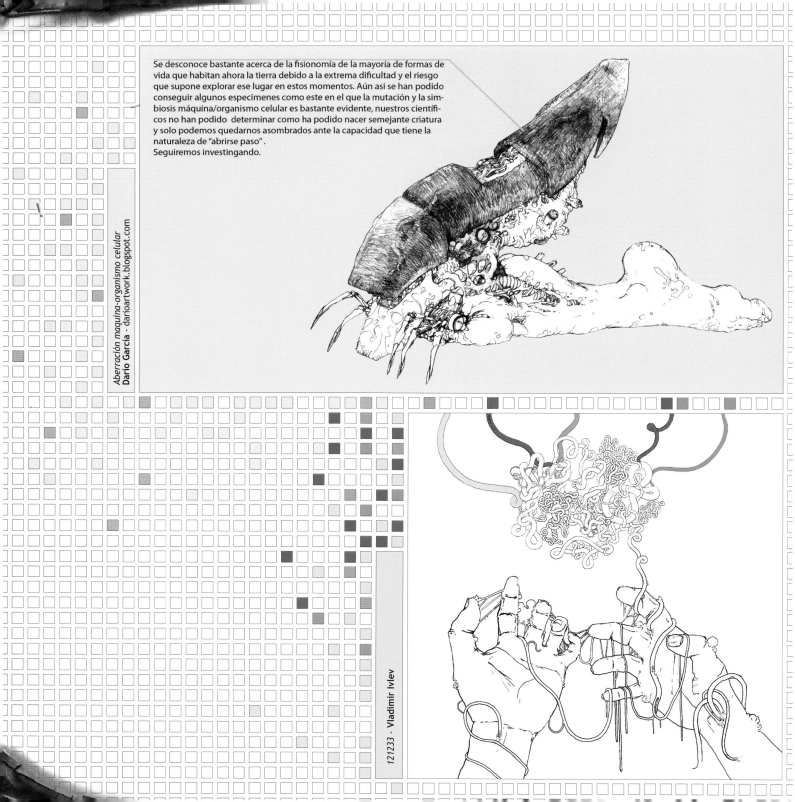

Se desconoce bastante acerca de la fisionomía de la mayoría de formas de vida que habitan ahora la tierra debido a la extrema dificultad y el riesgo que supone explorar ese lugar en estos momentos. Aún asi se han podido conseguir algunos especimenes como este en el que la mutación y la simbiosis máquina/organismo celular es bastante evidente, nuestros científicos no han podido determinar como ha podido nacer semejante criatura y solo podemos quedarnos asombrados ante la capacidad que tiene la naturaleza de "abrirse paso".
Seguiremos investingando.

Aberración maquina-organismo celular
Darío García - darioartwork.blogspot.com

121233 - Vladimir Ivlev

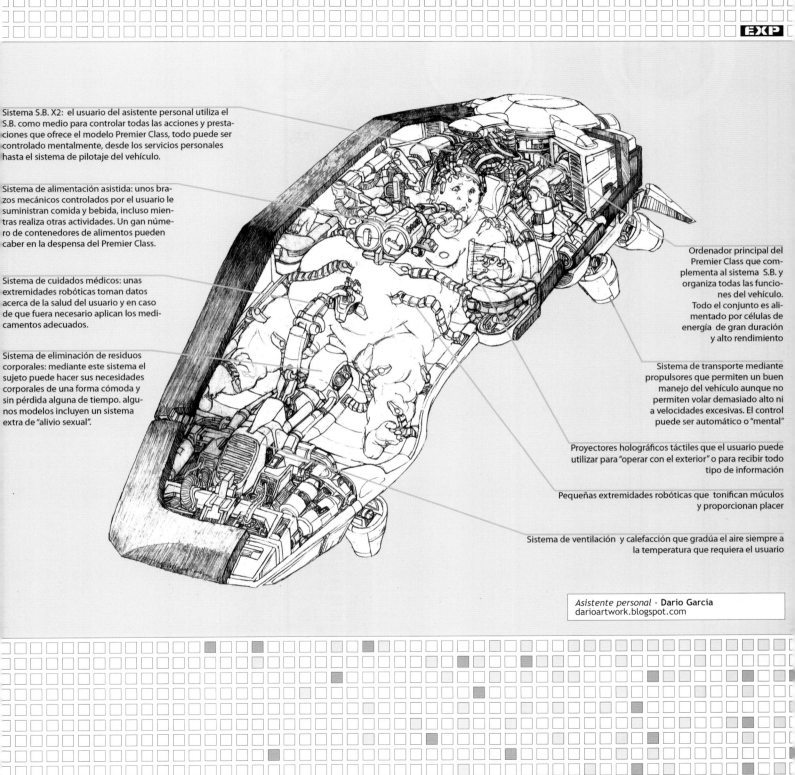

Sistema S.B. X2: el usuario del asistente personal utiliza el S.B. como medio para controlar todas las acciones y prestaciones que ofrece el modelo Premier Class, todo puede ser controlado mentalmente, desde los servicios personales hasta el sistema de pilotaje del vehículo.

Sistema de alimentación asistida: unos brazos mecánicos controlados por el usuario le suministran comida y bebida, incluso mientras realiza otras actividades. Un gan número de contenedores de alimentos pueden caber en la despensa del Premier Class.

Sistema de cuidados médicos: unas extremidades robóticas toman datos acerca de la salud del usuario y en caso de que fuera necesario aplican los medicamentos adecuados.

Sistema de eliminación de residuos corporales: mediante este sistema el sujeto puede hacer sus necesidades corporales de una forma cómoda y sin pérdida alguna de tiempo. algunos modelos incluyen un sistema extra de "alivio sexual".

Ordenador principal del Premier Class que complementa al sistema S.B. y organiza todas las funciones del vehículo. Todo el conjunto es alimentado por células de energía de gran duración y alto rendimiento

Sistema de transporte mediante propulsores que permiten un buen manejo del vehículo aunque no permiten volar demasiado alto ni a velocidades excesivas. El control puede ser automático o "mental"

Proyectores holográficos táctiles que el usuario puede utilizar para "operar con el exterior" o para recibir todo tipo de información

Pequeñas extremidades robóticas que tonifican múculos y proporcionan placer

Sistema de ventilación y calefacción que gradúa el aire siempre a la temperatura que requiera el usuario

Asistente personal - **Darío García**
darioartwork.blogspot.com

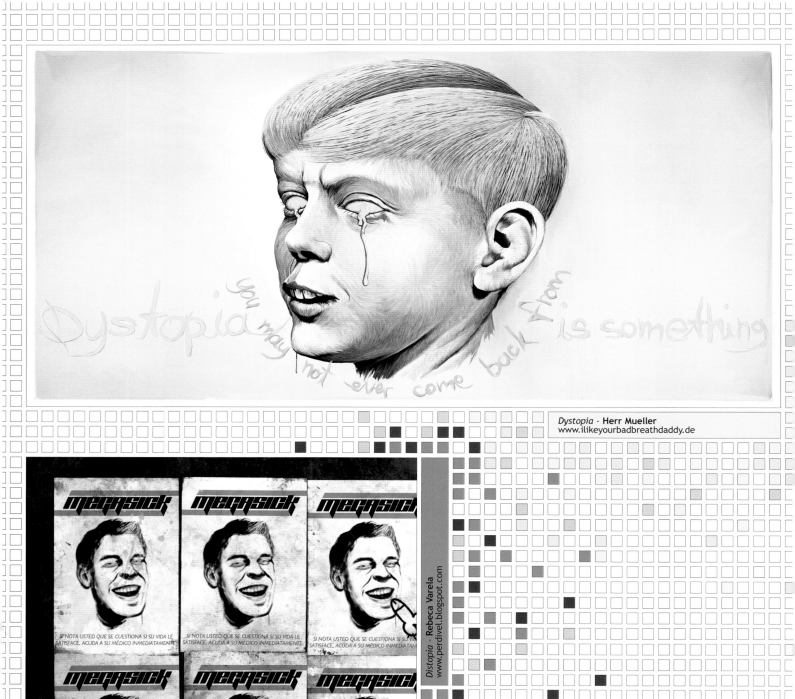

Dystopia - Herr Mueller
www.ilikeyourbadbreathdaddy.de

Distopía - Rebeca Varela
www.perdivel.blogspot.com

Cyberdoll - Jimena Ramirez
www.tiririn.comuf.com

Working child - **Sagana Bouffard**
sagana-squale.blogspot.com

Feed the beast - **Sagana Bouffard**
sagana-squale.blogspot.com

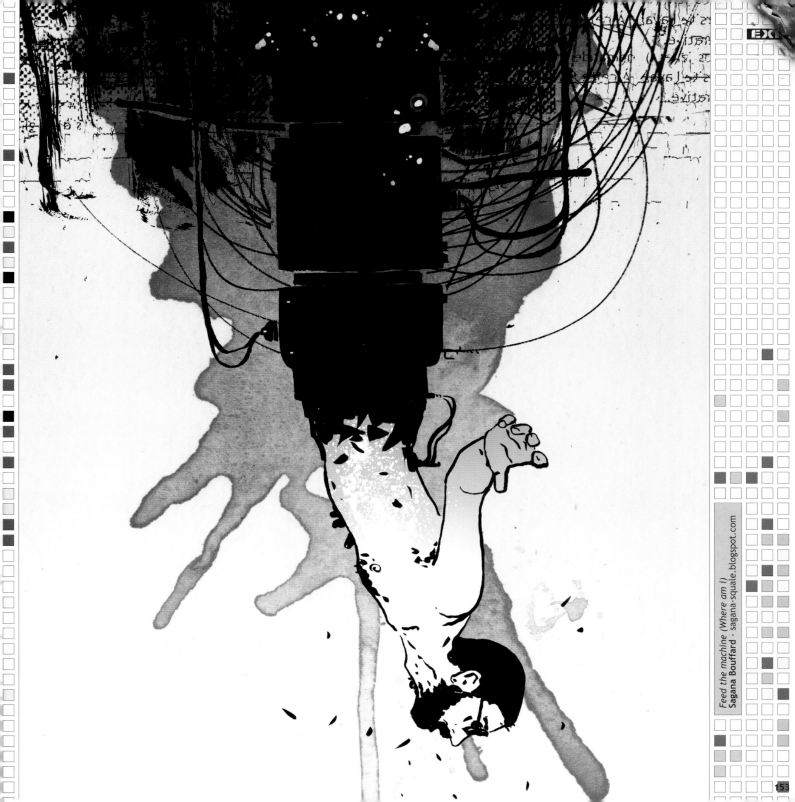

Feed the machine (Where am i)
Sagana Bouffard - sagana-squale.blogspot.com

153

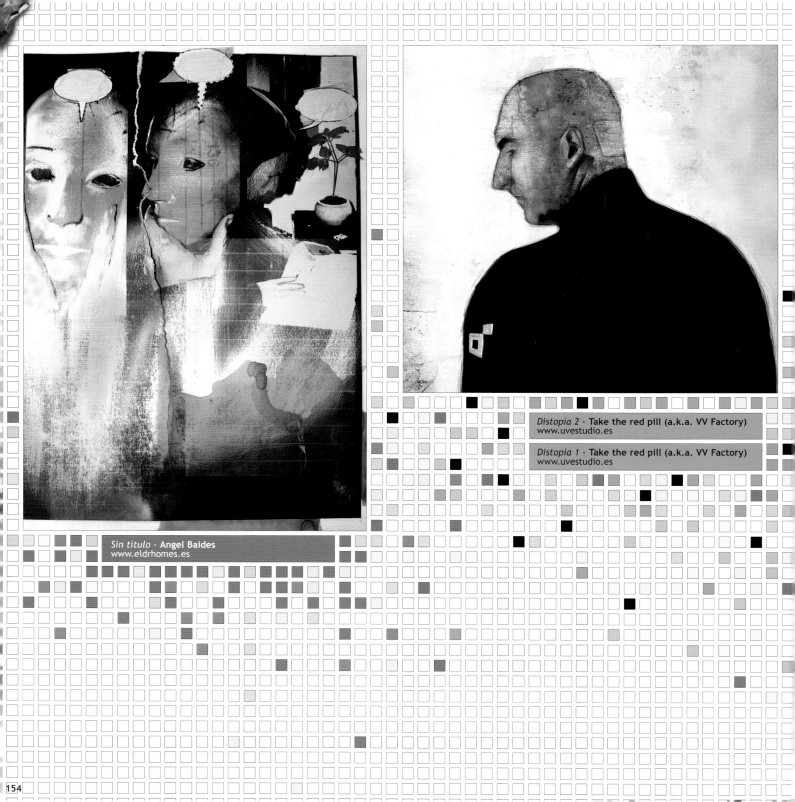

Sin título - **Angel Baides**
www.eldrhomes.es

Distopía 2 - **Take the red pill (a.k.a. VV Factory)**
www.uvestudio.es

Distopía 1 - **Take the red pill (a.k.a. VV Factory)**
www.uvestudio.es

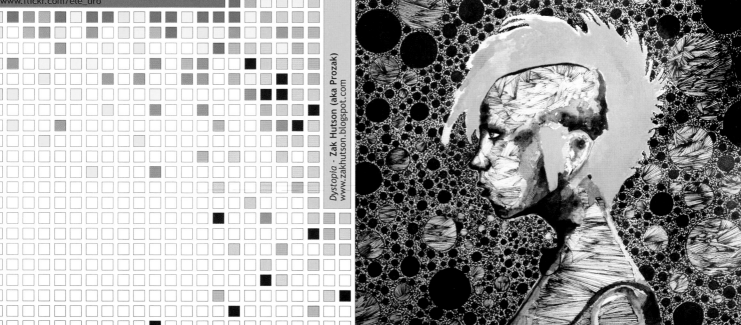

EXP

Sin título - Pedro Oyarbide
www.orthodoxdesign.com

Dense City - **Marco De Gregorio**
www.marcodegregorio.com

Parasite Structure - **Marco De Gregorio**
www.marcodegregorio.com

El último arbol de la vida - **Carles Marsal**
www.carlesmarsal.com

Hoy en día puedes visitar museos como el Louvre en Paris, el de Pérgamo en Berlín, el British Museum en Londres, etc. Pagas una entrada, en la mayoría de ellos, y tienes un pasaje directo a una disneylandia arqueológica. Las cunas de la civilización mostradas una al lado de otra: un sarcófago egipcio, una puerta de la antigua Mesopotamia, un templo de la clásica Grecia... Todo unido a través una mera audio-guía. Aprietas "PLAY" y das un repaso a la historia del mundo sin desplazarte un kilómetro.

El siguiente paso es viajar allí donde sucedió la historia, cámara en mano y siguiendo a un grupo de turistas. Ahí te plantas tú ante las ruinas una vez descubiertas por un aventurero hace un siglo o dos. Comparas tu excursión controlada y pagada con la excitación de aquellas personas que estuvieron allí cuando no había mapas, taquillas, tarifa descuento de familia feliz, ni recuerdos fabricados en China con la miniatura de... Y no es igual. Disparas tu imaginación aún más allá y traes a tu mente a los hombres que habitaron y usaron esas arquitecturas en su contexto primigenio. Aquellos desafíos a la gravedad en piedra, mayormente proyectados con fines religiosos, son ahora parques temáticos llenos de papeleras. Ecos de sociedades que han sucumbido, que han desaparecido, les pasó a todas... Sus prodigios arquitectónicos fueron abandonados y la naturaleza hizo el resto.

Actualmente el ser humano prosigue su carrera de desafío a la gravedad, construyendo edificios cada vez más altos. Hoy en lugar de la piedra es el hierro, el acero, el cristal, el cemento... Hoy en lugar de impresionar a los creyentes, se impresiona a los accionistas, a los inversores. El Dinero es el nuevo Dios, su veneración se hace a través de modernos edificios de oficinas, fábricas, centros comerciales, parques de atracciones, aeropuertos y toda clase de cementerios industriales para los despojos del avance tecnológico. Repetimos el ciclo, abandonamos la historia bajo una valla con el cartel de "NO PASAR", sin pensar que un futuro aventurero los descubrirá y montará el parque temático del siglo XXI, o, quizás, otro futuro gobierno invasor decida que esa pieza oxidada de arquitectura será un precioso trofeo de conquista en el museo de historia o como centro de los nuevos jardines de la capital.

Aquí y ahora te decimos: No esperes al futuro, salta la valla, descubre las ruinas de tu propia historia antes de que nuestra civilización desaparezca. Disfruta de este "sneak peek" fotográfico.

BELIO MGZ.

Today you can visit museums like the Louvre in Paris, the Pergamon in Berlin, the British Museum in London, and so on. You pay an entrance fee (at most of them) and get direct access to an archaeological Disneyland. The cradles of civilization displayed next to each other, an Egyptian sarcophagus, a gate from the ancient Mesopotamia or a temple from classical Greece... All linked by a mere audio-guide. Press "PLAY" and get an overview of the world history without even having to walk a mile.

The next step is to go where history happened, with a camera in your hands, and to follow a guided travel group, and there you are... The same ruins that once were discovered by an adventurer, a century or two ago. Compare your organized and paid excursion with the excitement of those who were there when there were no maps, lockers, happy family discount rates, neither souvenirs manufactured in China with the miniature of... And no, it's not the same. Fire your imagination even further and think about the men who inhabited and used these architectures in their primal context. Those defiances of gravity in stone, mostly used for religious purposes, are now theme parks full of bins. Echoes of societies that have succumbed, that have disappeared, it happens to them all... their architectural wonders were abandoned and nature did the rest.

Currently the human race continues its defiance of gravity, building ever higher buildings. Today, instead of the stone there is iron, steel, glass, cement ... Today, instead of devotees, it is the shareholders and investors who get impressed. Money is the new God, its worship is done through modern office buildings, factories, shopping malls, amusement parks, airports and all kinds of industrial cemeteries for the remains of the technological advance. We repeat the cycle, we abandon history behind a fence with a "NO TRESPASSING" sign, without thinking that a future adventurer will discover and mount the XXI century theme park, or perhaps another futuristic invader government decides that such rusty piece of architecture will be a precious trophy in the history museum or at the center of the new gardens of the capital.

Here and now we tell you this: Do not wait for the future, jump the fence, discover the ruins of your own story before our civilization will disappear. Enjoy this photographic "sneak peek".

BELIO MGZ.

162

Photos: **Alexelli** - www.alexelli.net

Infinity

Photo: **Alexelli** - www.alexelli.net

"Sumergirse en la antigua factoría es como traspasar el umbral que separa dos mundos, dos realidades. Por un lado la que el hombre controla, vigila y mantiene, y por el otro, la que queda a merced del paso del tiempo y de los caprichos de la naturaleza. Sólo se oyen los pasos de un desconocido, que poco a poco, se adentra en una historia fascinante, que perturba el majestuoso silencio del olvido con el obturador de su cámara. Todas las estancias, todos los rincones, recuperan por un momento parte del protagonismo que tuvieron, observados esta vez desde una nueva perspectiva, una perspectiva que deja a un lado la utilidad con la que fueron concebidos y que encuentra una inquietante belleza en su lenta pero inexorable degradación."

"Entering the old factory is like crossing the threshold between two worlds, two realities. By one side, the world that man controls, watches and maintains, and by the other side, the world left to the mercy of time and the whim of nature. There is only the sound of footsteps from a stranger who comes slowly into a fascinating story, disturbing the majestic silence of oblivion with the shutter of his camera. Just for a short moment, all the rooms, every corner, recover a fracture of their protagonism. Now, observed from a new perspective, a perspective that leaves aside the utility with which they were conceived, the intruder finds a disturbing beauty in its slow but inexorable degradation."

< La Habitación Secreta
< El Sofá Del Director

Photos: **Careless**
www.flickr.com/photos/carles_fotos

El Hueco Del Ascensor
La Silla Del Vigilante >

Photos: **Careless** - www.flickr.com/photos/carles_fotos

Cosmos – April 2009.
Cosmos 2 – April 2009.

Photos: **Daniel Calatayud** – www.danielcalatayud.com

Photos: **Daniel Calatayud** – www.danielcalatayud.com

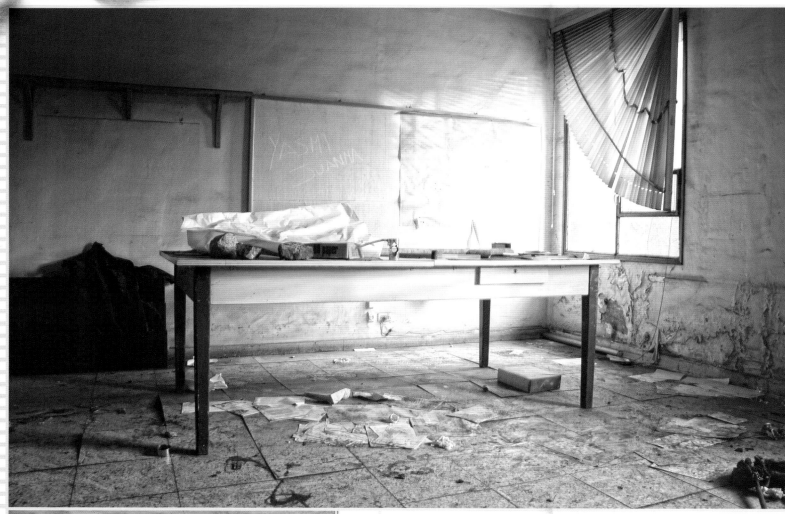

"Objetos desolados, mutilados por el tiempo, que se transforman sin quererlo en restos del mundo, aquel mundo donde viven los gusanos, que olvidados se transforman sin modelo a seguir, desbordados por la libertad que produce la soledad del abandono." Jara Aithany

Silencio - Photos: **Daniel Martin** - www.flickr.com/dirtymousta_h

"Desolated objects, mutilated by time, they unwittingly become remnants of the world, that world where maggots live, forgotten they transform themselves without a role model, overwhelmed by the freedom that produces the loneliness of abandonment." Jara Aithany

Silencio - Photos: **Daniel Martin** - www.flickr.com/dirtymousta_h

Startrek - old powerplant, controlroom, Berlin, Germany, April 2009
Frankenstein - abandoned chemical lab, Berlin, Germany March 2009
NSA - abandoned field station of the NSA (USA), Berlin, Germany July 2009 >

Photos: **Dennis Gerbeckx** - www.dennis-grafix.com

Sinteringplant - abandnoned Sinteringplant, Duisburg, Ruhrarea, Germany, April 2009
Coalmine - abandoned coalmine, Gelsenkirchen, Ruhrarea, Germany April 2009
Cockpit - decayed plane of the Royal Air Force, Berlin, Germany March 2009 >

Photos: **Dennis Gerbeckx** - www.dennis-grafix.com

Selfportrait - Zeche Hugo, Germany, November 2009.
Zeche Hugo - Zeche Hugo, Germany, November 2009.

"Inaugurado el 27 de marzo de 1873 y clausurado el 30 de abril de 2000. Las cestas eran usadas como medida de seguridad para los mineros. Cuando bajaban a la mina se cambiaban de ropa y la dejaban colgada. Y cuando se iban podrían ver rápidamente si todos habían vuelto, ya que en caso de haber alguna cesta colgada con la ropa, significaba que aún había alguien abajo."

"Opened on the 27th of March 1873 and closed on the 30th of April 2000. The baskets are used as a locker system for the mine workers. When they go into the mine they change clothes, after that they pull their own basket up and lock it. After each shift, when everyone is gone, they could see in a second if everyone is back above ground. Because if there's hanging a basket, there must be someone still down."

Photos: **Foantje** - www.foantje.com

Pre-Metro - Belgium, December 2009.

"Este túnel de metro de 8 Km no está en uso, nunca lo estuvo desde 1980, debido a la falta de dinero. Ahora en 2011 los trabajos deberían empezar de nuevo. Un trabajo al que han sido destinados 81 millones de Euros. Descendimos por un agujero de 30 metros de profundidad sin ninguna experiencia en escalada y con ocho grados bajo cero de temperatura. Lo logramos."

"This 8 Km Metro tunnel is not in use and it had never been since 1980 due the lack of money. Now in 2011 the works should start again. They paid 81 Million Euros to get this job done. I had to descend a 30 meter hole with no climbing expierence and -8 degrees but we made it."

Cooling Tower - Belgium, December 2009.
"Interior de una torre de enfriamiento." / "Inside of a cooling tower."

Photos: **Foantje** - www.foantje.com

Selfportrait Taken inside a cooling tower - Belgium December 2009

Photos: **Foantje** - www.foantje.com

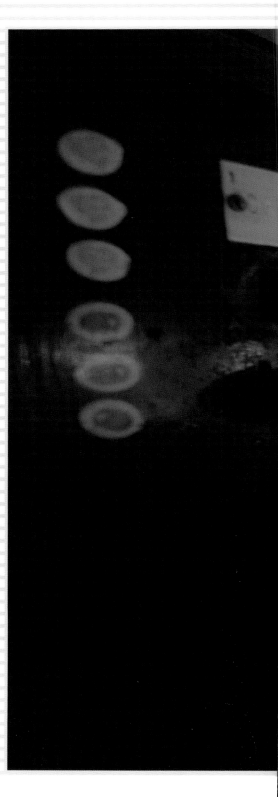

Abandoned Theater - France, January 2010.
"También conocido como el Teatro Barroco, el sitio estaba completamente a oscuras y tuve que
iluminarlo en su totalidad."
"Also known as Theatre Baroque, the place was fully dark so i had to light paint everything."

Abandoned Train Signal box -Belgium, January 2010.
"Este sitio está abandonado porque están construyendo uno nuevo con la última tecnología..."
"This place is abandoned because they build a new one with the latest technology..."

Photos: **Foantje** - www.foantje.com

Bilore - Zaldibia, Gipuzkoa, 2010.

"Bilore significa "dos flores" en euskera, y da nombre a un jabón. En la fábrica de "Bilore" se hacían jabones, pero hoy en día ya sólo queda jabón tirado por el suelo en una fábrica que ha quedado vieja, abandonada y sucia. Eso, no quita el encanto que tiene ahora, con esos espacios llenos de luces y ambientes coloridos, y esos objetos que han quedado como huella de lo que antes era. La serie de fotos "Bilore" forma parte del proyecto Ahaztutakoak (los olvidados)."

"There is a soap called "Bilore", which means "two flowers" in Euskera. This soap was manufactured in the factory of "Bilore", but nowadays there is only soap thrown on the floor of a factory that has become old, abandoned and dirty. This does not diminish the charm it has now, with these spaces filled with lights and colorful environments, and those objects that have remained as a trace of what it once was. The series of photos "Bilore" are part of the project Ahaztutakoak (the forgotten)."

Photos: **Hodei Torres** - www.hezur.com

They're Looking In - Rostock, Germany.
Sudden Spaceship - Rostock, Germany. >
White Ghost Medical - Rostock, Germany. >
Consumerism Shines Forever - Rostock, Germany. >

"Estas fotos fueron todas tomadas en Rostock, Alemania, en el gran
astillero abandonado del río Warnow, excepto una (White Ghost Médical)
que es de una enfermería junto al astillero."

*"These are all shot in Rostock, Germany at an abandonned big shipyard
nearby Warnow river, except for one photo (White Ghost Medical) which is
from an infirmary next to that shipyard."*

Photos: **Liis Roden** - www.flickr.com/photos/die5pezfabrik

Gate To Blue Dreams - Rostock, Germany.
< Disconnected - Rostock, Germany.

Photos: **Liis Roden** -
www.flickr.com/photos/die5pezfabrik

Crushed > >
Scanned negatives from 35mm ILFORD film.

Photos: **Liis Roden**
www.flickr.com/photos/die5pezfabrik

Stalker Dream >

"Es una vieja acequia de agua desmorona-
da donde Andrei Tarkovski filmó algunos
fotogramas de la secuencia del sueño
para su película de culto "Stalker"."

*"This is an old crumbling water
sluice where Andrei Tarkovski filmed
some frames for the dream sequence
for his cult movie "Stalker"."*

Photos: **Liis Roden**
www.flickr.com/photos/die5pezfabrik

Sin título
Photo: **Mikel Aramendia** - www.flickr.com/photos/mikelaramendia

Sin título
Photos: **Mikel Aramendia** - www.flickr.com/photos/mikelaramendia

Shipyard - "Zone of Alienation" Chernobyl/Pripyat, Ukraine, October 2009.

"Los buques oxidados que transportaban los contenedores contaminados por el río Pripyat."
"Rusty contaminated container vessels on the Pripyat River."

Truck Graveyard - "Zone of Alienation" Chernobyl/Pripyat, Ukraine, October 2009.

"Los restos de los vehículos usados para el proceso de limpieza tras el desastre."
"Remains of some vehicles used in the cleanup procedure after the disaster."

Photos: **NeQo** - www.neqo.be

Music Hall - "Zone of Alienation" Chernobyl/Pripyat, Ukraine, October 2009.
"Piano de cola de 20 años" / "20 Year old wing piano"

Photo: **NeQo** - www.neqo.be

Cinema Theater Varia - Charleroi, Belgium, June 2008
"Teatro Art Nouveau construido en 1912" / "Art Nouveau Theater build in 1912"

Photo: **NeQo** - www.neqo.be

< Energetic Sporthall
Chernobyl/Pripyat, Ukraine,
October 2009.

"Vista de la noria de la fortuna
desde la sala de deportes en el
Centro Cultura de la Energía."

*"View on the ferris wheel from the
sport hall in the Energetic Cultural
Center."*

Reactor >
Chernobyl/Pripyat, Ukraine,
October 2009.

"Vista del reactor desde la planta
16 de un edificio de apartamentos de
lujo. Este fue el mejor lugar para
ver el accidente del reactor 4.
Desafortunadamente mucha gente murió
aquí debido a los niveles de
radiación que se alcanzaron durante
las primeras horas."

*"View of the reactor on top of the
16-story luxurious apartment. This
was the best place to watch the
reactor 4 accident. Unfortunately a
lot of people died here of the radiation levels that were emitted
during the first hours."*

Hospital >
Chernobyl/Pripyat, Ukraine,
October 2009.

"Una cuna en la clínica de maternidad"
"Child bed in the Maternity clinic"

Photos: **NeQo** - www.neqo.be

< Sin título >

"Desde hace algunos años, estoy
buscando este tipo de lugares.
Ruinas, trenes, barcos, aviones,
autobuses, parques de atracciones, todo aquello que está
roto o abandonado por el hombre.
Siempre de noche, con una técnica
específica de iluminación y tiempos de exposición muy largos.
Creo estas imágenes haciendo algo
bello de desechos. Para encontrar
estos lugares viajo por toda
Europa. Francia, Bélgica, España,
Polonia, Alemania e Italia. La
mayor parte del tiempo con
algunos amigos también fotó-
grafos, de España, Polonia o
Francia, que he conocido en
Bélgica cuando era estudiante en
la Escuela de Artes de Saint-Luc
en Liege. Juntos hemos constitui-
do el colectivo
LePhotographeEuropeen."

*"Since a few years, I'm looking
for this kind of place. Ruins,
trains, boats, planes, buses,
amusement parks, or everything
which is broken or abandoned by
humans. Always by night, with a
specific lighting technique and a
very long exposure time. I
create those images making something beautiful with trash. To
find those places i travel
through all over Europe. France,
Belgium, Spain, Poland, Germany,
and Italy. Most of the time with
some friends, photographers too
from Spain, Poland or France, who
I've met in Belgium when I was a
student at the art school of
Saint-Luc in Liege. We have
constituted the collective
LePhotographeEuropeen."*

Photos: **Nicolas Lalau**
www.nicolaslalau.net

Corredor

Photo: **Pablo Silva** – www.behance.net/LaBoutiqueG

Puerta

Photo: **Pablo Silva** – www.behance.net/LaBoutiqueG

Cadalso
< Palco

Photos: **Pablo Silva** - www.behance.net/LaBoutiqueG

Looking Down The Bank
< A Big Ole Pile
< Fixer Upper
< Flamed Hood
1940's Steel >

Photos: **Steve Hoodicoff** - www.flickr.com/photos/hoodicoff

1977 Lincoln Mark IV
< Taillights
< Convertable
< Looking for a heartbeat
Land Yacht >

Photos: **Steve Hoodicoff** – www.flickr.com/photos/hoodicoff

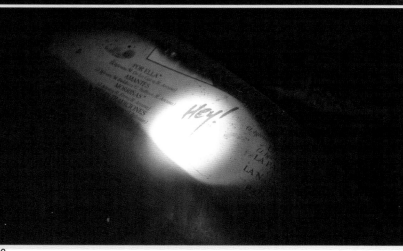

Caballitos
Photo: **Sofía de Juan** - www.sofiadejuan.com

< < < Lo Que Fue y Se Quedó

"Paseando de noche entre lo que una vez estuvo lleno de vida
se encuentran pequeños resquicios de lo que fué un hogar. Tres
años de existencia que desaparecen de forma poética en medio de
las llamas."

*"Walking by night between what once was full of life there are
small remains of a home. Three years of existence that have
disappeared in a poetic way between the flames."*

Photos: **Chio Romero** - www.chioromero.com

Oso

"Estas fotografías pertenecen a una extensa serie titulada "Desechos de infancia" realizada entre
los años 2006 y 2010 en diferentes puntos de la geografía española. Estas fueron tomadas en un
almacén de antiguas atracciones de feria, situado en San Martín de Valdeiglesias(Madrid). La serie
explora lugares en los que se acumulan y almacenan, olvidados, los objetos que compartieron nuestra
infancia y que fueron creados para disfrutar a nuestro lado. Nuestro crecimiento los ha convertido
en algo carente de sentido."

"These pictures belong to an extensive series entitled "Desechos de infancia (Waste from the childhood)" made between 2006 and 2010 in different parts of Spain. These were taken in an antique
warehouse for amusement park attractions, located in San Martin de Valdeiglesias (Madrid). This
series explores places where they are accumulated and stored, forgotten objects that shared our
childhood and were created to be enjoyed. Our growth has coverted them into something meaningless."

Photo: **Sofía de Juan** - www.sofiadejuan.com

< La Casa De Muñecas (Dollhouse) >

"No sé cuanto tiempo lleva allí, sólo sé que un día la encontré de casualidad, dando un triste paseo. El polvo, el tiempo y el reflejo de los cristales casi no me dejaba ver la colección de muñeca no-muertas, encerradas y abandonadas eternamente tras esa celda de cristal."

"I don't know for how long it has been there, I just know that one day I found it by accident, taking a sad stroll. The dust, the time and the reflection in the panes almost didn't let me see collection of undead dolls, forever locked and abandoned behind the crystal cell."

Photos: **Javier IA**
www.flickr.com/omega405

< Omega - Cine X Omega. México D.F.

"Orgasmo Prohibido. Solo, duro, ardiente y abandonado."

"*Forbidden Orgasm. Alone, hard, hot and abandoned.*"

Photo: **Javier IA**
www.flickr.com/omega405

Bye-Bye Computers >
Berlin, January 2010.

The Missing Parts >
Berlin, January 2010.

"Abandonados en la calle, a veces esperando a que alguien les de una nueva vida, a veces violados por alguién que quería una pieza de ellos. Vida antes y después de la muerte."

"Abandoned on the street, some-times *waiting for someone to give them a new life, sometimes vio-lated by someone who wanted a piece of them. Life before and after death.*"

Photos: **Geso**
www.flickr.com/geso

< < < Sin título

Photos: **Jose Trías** - www.josetrias.com

Espera latente

Photo: **Carles Marsal** - www.carlesmarsal.com

< < < Ruinas Del Teatro Santander

"Esta serie fotográfica es una propuesta que rescata los lugares y espacios que fueron parte del patrimonio inconsciente desapercibido con frecuencia por nuestros ojos, es un homenaje al arte que se esconde detrás del tiempo, los muros y el olvido. Espacios que guardan un recuerdo en nuestra memoria, y se transforman en un lenguaje místico donde la belleza estética adquiere una nueva revelación."

"This series of photographs is a proposal aiming to rescue the places and spaces that are part of a heritage often unconsciously unnoticed by our eyes. It is a tribute to the art hidden behind time, walls and forgetfulness, spaces stored in our memory, but transformed into a mystical language who's aesthetic beauty means a new revelation."

Photos: **John Breton** - www.johnbreton.com

Ruinas

Photo: **Diego Diez** - www.flickr.com/photos/diegodp

Ruinas

Photo: **Diego Diez** - www.flickr.com/photos/diegodp

Decadence

Photo: **Diego Diez** - www.flickr.com/photos/diegodp

Sin título

Photos: **Rubén Núñez** - www.flickr.com/lookerside

212

AR CO ma drid_

I30 FERIA INTERNACIONAL DE
ARTE CONTEMPORÁNEO

DEL 16 AL 20 DE FEBRERO
2011_ FERIA DE MADRID
PÚBLICO GENERAL A PARTIR DEL VIERNES 18

www.arco.ifema.es

BELIO:022: Freak Show
Tamaño / Size: 21 x 20 cm.
146 páginas / pages.
Cubierta plastificado brillo.
Glossy coated cover.
Precio / Price: **5€**

BELIO:023: USA
Tamaño / Size: 21 x 20 cm.
146 páginas / pages.
Cubierta plastificado brillo.
Glossy coated cover.
Precio / Price: **5€**

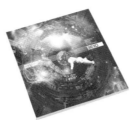

BELIO:024: Trip
Tamaño / Size: 21 x 20 cm.
146 páginas / pages.
Cubierta plastificado brillo.
Glossy coated cover.
Precio / Price: **5€**

BELIO:025: Mad
Tamaño / Size: 21 x 20 cm.
146 páginas / pages.
Cubierta plastificado brillo.
Glossy coated cover.
Precio / Price: **5€**

BELIO:026: Party
Tamaño / Size: 21 x 20 cm.
146 páginas / pages.
Cubierta plastificado brillo.
Glossy coated cover.
Precio / Price: **5€**

DIE YOUNG 001: SAN (2ª edición)
Tamaño / Size: 14,5 x 15 cm.
192 páginas / pages.
Cubierta de PVC + 3 tintas serigrafía.
PVC cover + 3 ink silkprint.
ISBN: 84-611-4753-7
Precio / Price: **15€**

DIE YOUNG 002: BTOY (2ª edición)
Tamaño / Size: 14,5 x 15 cm.
192 páginas / pages.
Cubierta de PVC + 3 tintas serigrafía.
PVC cover + 3 ink silkprint.
ISBN: 84-611-4752-9
Precio / Price: **15€**

DIE YOUNG 003: SATONE
Tamaño / Size: 14,5 x 15 cm.
192 páginas / pages.
Cubierta de PVC + 3 tintas serigrafía.
PVC cover + 3 ink silkprint.
ISBN: 84-611-4751-0
Precio / Price: **15€**

DIE YOUNG 004: 36RECYCLAB
Tamaño / Size: 14,5 x 15 cm.
192 páginas / pages.
Cubierta de PVC + 3 tintas serigrafía.
PVC cover + 3 ink silkprint.
ISBN: 987-84-612-0240-9
Precio / Price: **15€**

DIE YOUNG 005: NICHOLAS DI GENOVA
Tamaño / Size: 14,5 x 15 cm.
192 páginas / pages.
Cubierta de PVC + 3 tintas serigrafía.
PVC cover + 3 ink silkprint.
ISBN: 987-84-612-0241-6
Precio / Price: **15€**

FLYING FÖRTRESS.
Tamaño / Size: 15 x 18,8 cm.
128 páginas / pages.
Cubierta con plastificado mate.
Mate coated cover.
ISBN: 978-84-611-8987-8
Precio / Price: **15€**

DAVE THE CHIMP.
Tamaño / Size: 15 x 18,8 cm.
128 páginas / pages.
Cubierta con plastificado mate.
Mate coated cover.
ISBN: 978-3-939566-17-5
Precio / Price: **15€**

EROSIE.
Tamaño / Size: 15 x 18,8 cm.
128 páginas / pages.
Cubierta con plastificado mate.
Mate coated cover.
ISBN: 978-3-939566-18-2
Precio / Price: **15€**

MURAL ART.
Tamaño / Size: 29,7 x 21 cm.
288 páginas / pages.
Cubierta con plastificado mate.
Mate coated cover.
ISBN: 978-3-939566-22-9
Precio / Price: **35€**

BEYOND ILLUSTRATION.
Tamaño / Size: 30 x 21 cm.
192 páginas / pages.
Cubierta con plastificado mate.
Mate coated cover.
ISBN: 978-3-939566-26-7
Precio / Price: **30€**

*GASTOS DE ENVIO NO INCLUIDOS / *SHIPMENT NOT INCLUDED*

Consigue todos estos productos y muchos otros, rápida y cómodamente en tu casa,
comprándolos en nuestra nueva tienda on-line. Visítanos aquí:

*Get all these products and many others, quickly and easily in your house,
buying at our new online store. You can visit us here:*

BELIO:027: Wild Life
Tamaño / Size: 21 x 20 cm.
146 páginas / pages.
Cubierta plastificado mate.
Mat coated cover.
Precio / Price: 5€

BELIO:028: Pop
Tamaño / Size: 21 x 20 cm.
146 páginas / pages.
Cubierta plastificado brillo.
Glossy coated cover.
Precio / Price: 5€

BELIO:029: X10
Tamaño / Size: 22 x 22 cm.
240 páginas / pages.
Incluye pegatinas dentro!
Include stickers inside!
Cubierta plastificado brillo.
Glossy coated cover.
Precio / Price: 14€

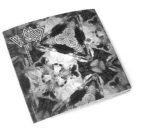

BELIO:030: Back to the Roots
Tamaño / Size: 22 x 22 cm.
216 páginas / pages.
Incluye pegatinas dentro!
Include stickers inside!
Cubierta plastificado brillo.
Glossy coated cover.
Precio / Price: 14€

MONZTAAAH! Spooky graff & illuz.
Tamaño / Size: 18 x 22 cm.
162 páginas / pages.
Cubierta rígida en terciopelo negro.
Hard-cover in black velvet.
Precio / Price:
OFERTA!! SPECIAL OFFER!! 5€

DIE YOUNG 006: AMOSE & ERONÉ
Tamaño / Size: 14,5 x 15 cm.
192 paginas / pages.
Cubierta de PVC + 3 tintas serigrafía.
PVC cover + 3 ink silkprint.
ISBN: 978-84-612-6460-5
Precio / Price: 15€

DIE YOUNG 007: BESDO GARSÍA
Tamaño / Size: 14,5 x 15 cm.
192 páginas / pages.
Cubierta de PVC + 3 tintas serigrafía.
PVC cover + 3 ink silkprint.
ISBN: 978-84-613-0339-7
Precio / Price: 15€

DIE YOUNG 008: SANER
Tamaño / Size: 14,5 x 15 cm.
192 páginas / pages.
Cubierta de PVC + 3 tintas serigrafía.
PVC cover + 3 ink silkprint.
ISBN: 978-84-613-4362-1
Precio / Price: 15€

DIE YOUNG 009: GUALICHO
Tamaño / Size: 14,5 x 15 cm.
192 páginas / pages.
Cubierta de PVC + 3 tintas serigrafía.
PVC cover + 3 ink silkprint.
ISBN: 978-84-613-4363-8
Precio / Price: 15€

PENCILBREAK
Tamaño / Size: 22 x 24 cm.
216 páginas / pages.
Cubierta dura con plastificado mate.
Mate coated hard cover.
ISBN: 978-84-612-4508-6
Precio / Price: 25€

HERAKUT. The perfect merge.
Tamaño / Size: 21 x 26 cm.
200 páginas / pages.
Cubierta con plastificado mate.
Mate coated cover.
ISBN: 978-3-939566-24-3
Precio / Price: 25€

BANKSY. Wall and Piece.
Tamaño / Size: 21 x 26 cm.
208 páginas / pages.
Cubierta con plastificado mate.
Mate coated cover.
ISBN: 978-3-9809909-9-8
Precio / Price: 25€

URBAN ART BOOK.
Tamaño / Size: 27 x 19 cm.
264 páginas / pages.
Cubierta dura con plastificado mate.
Mate coated hard cover.
ISBN: 978-84-612-7308-9
Precio / Price: 34€

SEX, El niño de las pinturas.
Tamaño / Size: 25,4 x 17,5 cm.
265 páginas / pages.
Cubierta dura con plastificado mate.
Mate coated hard cover.
ISBN: 978-84-611-8987-8
Precio / Price: 30€

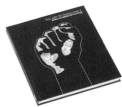

THE ART OF REBELLION 2.
Tamaño / Size: 28,2 x 24,6 cm.
208 páginas / pages.
Cubierta dura con plastificado mate.
Mate coated hard cover.
ISBN: 978-39-809-9094-3
Precio / Price: 40€

216 *PAGS

GO! AND CHECK OUR WEBSITE
VIDEOS
MUSIC

Y AUN QUIERES MAS
ONLINE STORE

AND STILL WANT MORE
TRABAJAMOS TODOS LOS DIAS

VE! Y VISITA NUESTRA WEB
WE WORK ALL DAYS
MAS

WTF?

MORE
GALLERY
TIENDA ONLINE
N-T-JODE?

GRAPHICS
NEWS
NOTICIAS
PHOTO REPORTS

WWW.BELIOMAGAZINE.COM